ベリーズ文庫

愛しているから、結婚はお断りします
～エリート御曹司は薄幸令嬢への一途愛を諦めない～

高田ちさき

STARTS
スターツ出版株式会社

目次

愛しているから、結婚はお断りします
～エリート御曹司は薄幸令嬢への一途愛を諦めない～
第一章　とまどいの再会……6
第二章　追憶……32
第三章　アイスティーは復讐の味？……68
第四章　抱き枕になる夜……89
第五章　万年筆が結ぶ恋……161
第六章　代えのきかないマグカップ……219
第七章　未熟で完璧なふたり……256
特別書き下ろし番外編
彼は敏腕（？）家庭教師……292
あとがき……300

愛しているから、結婚はお断りします
～エリート御曹司は薄幸令嬢への一途愛を諦めない～

第一章　とまどいの再会

「赤城公士《あかぎこうじ》です。本日はよろしくお願いします。音羽柚花《おとわゆずか》さん」

公士って……。

名前を聞いて、反射的に顔を上げ相手の顔を見た。

その瞬間、呼吸すら忘れてただ彼の顔を見つめる。

整った顔立ちは相変わらずで、以前よりも精悍さを増した。綺麗に整えられた濡羽《ぬれば》色の髪は品のいい彼の雰囲気を際立たせている。全身から感じる大人の色気は以前と比べて比較にならない。目を奪われるのは私だけではないはずだ。

相手も黙ったまま、私を見ていた。

〝なぜ〟と〝どうして〟が頭の中をぐるぐると駆け巡る。答えなど出るはずがないのに。

「……か……柚花！　いったいなにをやっているんだ。挨拶もまともにできないのか？」

現実に引き戻したのは、叔父、篤史《あつし》の叱責の声だった。こちらを鋭くにらみつけている。

「申し訳ございません。音羽柚花です」

ぽつりと呟くように声を出したが、今さら自己紹介など必要だろうか。向こうは私のことを把握しているのに。

「すみませんね。いい歳して社交性のかけらもないもので」

叔父は私の後頭部に手を添えて無理やり頭を下げさせる。

「音羽さん、やめてください。このような席ですので緊張なさっているんですよ、きっと」

「いや、さすが赤城の御曹司ともなると懐が深いですな」

はははと声をあげて笑う叔父は、相手の機嫌を取ることに必死だ。おそらくこのお見合いがうまくいくと信じているからに違いない。

まさか……私が断るなんて想像もしていないんだろうな。

後のことを考えると憂鬱になるが、彼と結婚するなんて無理だ。他の人ならまだしも……彼だけはダメ。

「すみませんが、あまり時間がないものでふたりで話をさせてください」

「わかりました。確かに当事者同士で話をするのが一番いい」

叔父はニコニコと揉み手をしながら頷いた後、私の耳元で小さな声で囁いた。

「うまくやるんだぞ」

半ば脅しのようなセリフに返事ができない。どう頑張っても今回のお見合いは成功するはずがないのだから。

私は答えられないまま、叔父を見送った。

そしてふたりきりになるやいなや、向こうから声がかかった。

「久しぶりだな。柚花」

優しい笑みを浮かべる彼。

私たちが別れてから五年半も経っている。それなのにあの頃と変わらない笑顔に胸が締めつけられ、過去の記憶や気持ちが湧き上がってきた。さっきまで彼の落ち着いた雰囲気に大人の色気を感じていたのに。

そのせいか、思わず昔の呼び方が口から漏れた。

「公士……くん」

すぐに気が付いたが遅かった。相手の耳にしっかりと届いてしまっている。

「よかった。一応覚えてはいたみたいだな」

忘れられるはずなどない。私がこれまでの人生で唯一好きになった人で、今もなお心の奥底に居座り続ける相手なのだから――。

＊　＊　＊

三月の下旬。目黒《めぐろ》川沿いの桜は満開手前といったところで、行き交う人々の目を楽しませている。週末からは桜まつりが行われるのか、ピンク色の提灯《ちょうちん》が今年もあちこちに見受けられた。

そんな中、私は人波をすり抜けるように早足で目的地に向かっている。

――お母さん……お母さん。

母のかかりつけの病院から連絡があったのは、十七時過ぎ。派遣社員として働いている職場で仕事を終え、パソコンの電源を落とすのと同時だった。

外出先で倒れた母だったが、かかりつけ医のいる病院の近くだったことで、そのまま救急車でいつもの病院に搬送された。すぐに処置をしてもらえたのは不幸中の幸いで、命に関わるような状態ではないらしい。

ここ数年、似たような病状を繰り返している。母の心臓はこれ以上よくなることはなく、なんとか現状を維持するだけで精いっぱいだ。

何度経験したって、母が倒れたと聞くと血の気が引いてしまう。しかし弱気になっていては、母を支えることはできない。

私は震える手で電話を切って、急いで病院に向かうことにしたのだ。

病院に到着すると、母はすでに病室で眠っていた。顔は青白く、点滴の刺さった腕は細くて頼りない。元気だった頃の母を思い出して目頭が熱くなる。

ダメ、こんなことで泣いてちゃ。まずは、アルバイト先に電話しないと。

落ち着いている母を確認してから、私はロビーに向かった。

スマートフォンの画面に、アルバイト先である居酒屋の電話番号を表示する。通話ボタンをタップすると、すぐ電話口に店長が出た。

「音羽です。店長、母の容態が悪くて……今日はお休みさせてください」

《はぁ、またなの？　困るよ。団体の予約が入っているのに》

不機嫌な声色に心苦しさが増す。いつもぎりぎりの人数でやっているので、ひとり抜けると大変なのは私も理解している。しかしこの後いつ母が目覚めるかもわからず、入院の手続きや医師の話などもあるので、どう考えても出勤できそうにない。

「ご迷惑をおかけしているのは承知しております。申し訳ありません」

電話を片手に、ぺこぺこと頭を下げる。相手に見えるはずもないのに。

《これで何度目だ？　事情があるのはわかってるけど、他のアルバイトの子たちからも評判悪いよ》

「はい……すみません」

どうしようもない事態だが、他の人には関係のない話だ。いい感情を抱かれていないのは無理もない。

髪型や服装が自由でシフトの融通が利く職場なので、大学生やフリーターなど若い人が多い。店長も比較的若く歳が近いので和気あいあいとした雰囲気だ。

……私以外は。

それも仕方のないことだろう。昼の仕事とのダブルワークで、自分にかけるお金も時間もない。懇親会なども母が家で待っているからと断り続けていたら、誘われなくなった。

おしゃれの話題も流行りのお店も知らない。

身長も百五十四センチと比較的低く、顔も童顔だ。髪は生まれてから二十七年間、一度も染めておらずストレートの黒髪を肩の位置で切りそろえている。それが一番扱いやすい長さだからだ。

アルバイトを始めたばかりの頃は、オーダーひとつ取るのにも時間がかかり、みんなに迷惑をかけた。それでも一生懸命取り組んできて、なんとか今までクビにならずに済んでいる。

「今後、人手が足りない場合は必ず出ますので」

もう自分にできることは、このくらいしかない。

《これ以上言っても仕方ない。他のメンバーにもしっかり謝っておいてね》

「わかりました。本当にすみませんで――」

謝罪の途中で電話が切れた。相手の怒りが伝わってくるようだ。

ため息と共にスマートフォンをバッグの中にしまった。

私だって働きたかった。今日の分の給料がもらえないのはつらい。病気の母とふたりでなんとか支え合って生きている私にとっては、居酒屋のアルバイトも大切な収入源だ。辞めてほしいと言われたら困る。

いや、今はお母さんのことを考えないと。

気持ちを切り替えた瞬間に、背後から看護師に声をかけられた。

「あ、いた。音羽さん、先生からお話があるので、こちらにお願いします」

「はい、すぐに行きます」

私は振り返り、早足で医師のもとに向かった。

診察室に入ると、白髪交じりの眼鏡の医師がどうぞと椅子を勧めてきた。私はそれに座りながら、どうか悪い話ではありませんようにと医師の顔色をうかがう。

「音羽さん、急なことで大変でしたね。お仕事とか大丈夫ですか？」

「はい。ちょうど終わった時間だったので」

長年母の主治医をしているだけあって、こちらの事情にもある程度理解がある。私にまで気を使ってくれてありがたい。

医師は優しく頷くと本題に入った。

「お母さんには、数日検査入院をしてもらいます。今の体の状態を確認しておきましょう」

「はい」

定期的に病院に通い、薬も飲んでいた。しかしそれだけではダメだったということに多少のショックを受ける。

しかし、続いてもっと厳しい現実をつきつけられた。

「ただ……今後お母さんの体は劇的に快方に向かうということはないでしょう。今後も今日のような発作が起こる可能性が高いです。ですからどうでしょうか、施設などをご検討されては」

「施設ですか……」

「はい。今回の発作は外出先でのことで、お店の人がすぐに救急車を呼んでくれて事なきを得ましたが、ご自宅でひとりでお過ごしの時に発作が出たら危ないです」

医師の言う通りだ。

「今なら、こちらから何軒か紹介できそうなんです。もちろん費用のこともありますので、ご親類の方とも相談してください」

「わかりました。ありがとうございます」

そう答えたものの、相談できる親類なんていない。頼れるのは自分だけだ。決断は私がしなくてはいけない。

椅子から立ち上がり、頭を下げて診察室を後にする。

施設か……。

正直、私の仕事のある時間帯に母をひとりにしておくのは心配だ。施設に空きがあるのなら入れたい。でも日々の医療費だけでも負担が重いのに、どこにそんなお金があるだろう。

母の様子を見るために、病室に向かう。

夕食の時間が始まったのか、外来と比べ病棟は慌ただしい雰囲気だ。邪魔にならないように廊下の端を静かに歩き、母の病室のドアをノックした。中から返事があったので目覚めているようだ。

「調子はどう？　お母さん」

病室に入り白いカーテンをゆっくり開けると、母が視線をこちらに向け力なく微笑んだ。

「ごめんね、こんなことになって」

「謝らないでよ」

私がベッドサイドにあるパイプ椅子に座ると、母は体調が悪いにもかかわらず私を心配した。

「アルバイト、お休みしたの？」

「ううん。今日はもともと休みだから大丈夫」

自分を責めている母にこれ以上心労をかけたくなくて、私は嘘をつく。

「いつまでもつのかしら、この体」

倒れてショックを受けたのか、母はいつにもなく弱気になって涙を流している。

「お父さんがいれば……あなたにこんな苦労をかけずに済んだのに」

はらはらと流れる涙を拭う気力すらないようだ。痛ましげな様子に胸が締めつけられる。バッグからハンカチを取り出して母の頬を拭く。

「謝らないで。そんな弱気になっていたら、お父さんに怒られちゃうよ」

「そうね。もう少し頑張らないとね」

母は気を取り直して、私の手からハンカチを受け取り自分で涙を拭いた。

「私は大丈夫だから帰りなさい。もう遅いわ。明日も仕事でしょう？」

「もう少しだけ、いさせてよ」

明日の検査には付き合えない。せめて面会時間が終わるまでは一緒にいたい。

「いいから、帰りなさい。ね？」

「……うん、わかった」

椅子から立ち上がり、もう一度母の顔を見る。後ろ髪を引かれる思いだけれど、いつまでもここにいると母もゆっくり休めないだろう。

「じゃあ、また明日来るね。検査頑張って」

私が手を振ると、母もそれに応えて振り返してくれた。

病室を出てナースステーションで看護師たちに挨拶をしてから帰路につく。明日は出勤前に入院に必要なものを届ける予定だ。

やることも考えることもたくさんある。でもそのおかげで悲しみに暮れなくて済みそうだ。どんな状況でも立ち止まっている暇はないのだから。

病院の最寄り駅から電車で三十分。駅からは徒歩十分の五階建てアパートの一階に私と母はふたりで住んでいる。築二十年、決して新しくはないがきちんとリフォームをされている2DKは、母とふたりで住むには十分だ。

重視したのは、病院に乗り換えなしで行けること。母にとっては階段の上り下りが負担になるので一階の部屋であること。家賃は当初の予定よりもオーバーしたけれど、近くにスーパーやコンビニもあり、とても気に入っている。

部屋に戻り着替えを済ませると、まずは母の入院の用意だ。いつもきちんと整理されているので、用意にそれほど時間はかからない。

チェストの中から、パジャマと着替えを取り出す。

昔はたくさん服を持っていたのに……。

父が事故で亡くなるまでは、母のクローゼットには色とりどりの洋服がたくさん入っていた。父がプレゼントしたものも多かったが、母自身が着飾ることが好きだったのだ。

音羽家は昔から手広く商売をやっており、不動産もそれなりに所有している資産家として有名だった。

父が始めた外食産業『音羽フーズ』が軌道に乗ってからは、そちらを中心としたグループ会社に成長させた。

代々長男が家督を継ぐことになっており、父が生きていた頃は音羽の事業をすべて取り仕切り、音羽家では家長の言葉が絶対であったため皆が父に従っていた。

母もさかのぼれば華族の血を引く家の出で、蝶よ花よと育てられ、箸よりも重いものを持ったことなく音羽家に嫁いできた。しかしその後、母の実家は事業に失敗し、音羽家は母の生家も支えることになった。

そのため母はずっと父に感謝して生きてきた。妻を自慢する父のためにいつも美しくあるよう努めていたように思う。

しかし今着ているのは何年も前に買ったシンプルな服だけだ。当時身に着けていたブランドものではない。

たくさんあった宝石も、今は父からもらったエンゲージリングと結婚指輪以外は見当たらない。母の苦労をこんなことで実感することになるなんて。

ボストンバッグに荷物を詰めて、ダイニングの椅子に置く。

かく言う私のクローゼットの中も似たようなものだ。昼間の派遣先は私服で勤務するのできちんと見えるように心がけているが、長く着られるように流行に左右されないデザインばかりを選んでしまう。

それでも自分の働いたお金で手に入れた服は気に入っている。身の丈に合う服装は背伸びせずに済んで心地よい。

少ないが大切なものに囲まれて暮らす今の生活もなかなか気に入っている。仕事をふたつかけ持ちしてはいるものの、女ふたりでの生活はなにかと気楽だった。

とはいえ……今回ばかりはお金の問題に直面して、正直まいってしまった。

スマートフォンの画面に銀行の預金残高を表示する。どんなに仕事やバイトの時間を増やして頑張っても、宝くじでも当たらない限り母の施設のためのお金が手に入ることはないだろう。

つまり今の私にとって、母を施設に入れるお金を準備することは不可能に近い。

でも母になにかあったらと思うと、気が気でない。私にとってなにより大切なのは母だ。

私のためにしなくていい苦労をした母。だからできる限りのことをしてあげたい。

お金か……残るは株式だけど。お母さんは施設の入居費用だと知ったら絶対に手放さないだろうな。お父さんとの思い出のひとつだもの。「潔くお父さんのところに行くわ」なんて言い出しかねない。

私たち親子に残された資産は、音羽フーズの株式だけ。その会社は父亡き後、父の弟である叔父の篤史が経営している。

以前に比べたら額面としては安くなっているが、私たち親子にとってまとまった資産といえるのは相続されたこの株式だけ。でも父の作った音羽フーズを唯一守れる株を手放すのを、母は絶対に許さないはずだ。

父が亡くなり、大学生だった私とお嬢さま育ちの母が、音羽フーズを経営していくのは無理だった。当時副社長を務めていた叔父が社長となったのだが……私たち親子は会社だけではなく生活の基盤さえ、叔父の用意周到な策略によって奪われてしまったのだ。

そしてあの人との別れも……。

怒りやむなしさ、悲しみ。それまで味わったことのないありとあらゆる負の感情を抱き、なにもできない自分を責めた。

あの人の顔が思い浮かびそうになり、慌てて頭を切り替える。

どう考えても、母を施設に入れるのは難しい。

昼間の派遣での事務仕事、夜の居酒屋アルバイトと、これ以上仕事を増やすことはできない。それに、その程度でどうにかなる金額ではない。

医師にもらったパンフレットを眺めていると自然とため息が漏れた。

ため息をつくと幸せが逃げていくというけれど、逃げる幸せがあるのならまだましだとすら思う。

なんとか前向きになろうと考えていた矢先、スマートフォンが着信を知らせた。表示された相手の名前を確認して今日一番の大きなため息をついた。

相手は叔父だ。母の入院で気分が滅入っている今、応対したくないが無視するとその後がまた面倒なので通話ボタンを押す。

「もしもし」

《遅い、俺はお前みたいに暇じゃないんだ》

最初から嫌みを言われて、ただでさえ嫌な電話なのにますます話をしたくなくなる。しかし少しでも態度に表すと、お説教が長引きそうなのでぐっと我慢した。

これも処世術のひとつね。私も大人になったわ。

自己評価を上げつつ、叔父の電話に耳を傾ける。

「お待たせしてごめんなさい」

素直に謝ったことで、叔父の怒りはある程度収まったようだ。すぐに本題に入ってくれてホッとしたのも束の間……その内容に私は驚きで言葉を失う。

《見合いが決まった。場所と日時はあとで連絡する》

どうしていきなりお見合いなの？　あきらめてくれたと思っていたのに。

六年半前、父が亡くなった当初、叔父は何度も私にお見合い話を持ちかけてきた。その時は母が盾になってくれてお見合いをせずに済んだのだけれど、まさか今になってまた言い出すとは。

「お見合いって私の？」

《当たり前だろう。お前も二十七だろ。適齢期じゃないか》

「確かに世間一般ではそうかもしれないけれど、私に結婚なんて」

どうにか理由をつけて断ろうとする。いまだに初恋を引きずっている私に結婚なんて無理だ。

《音羽家のために結婚できるんだ。なにを迷う必要があるんだ？　父親の残した会社のためなんだからうれしいだろう？》

「そんな、でも私……」

言葉が続かずに、ギュッと電話を握りしめた。

断れる立場にないのは承知しているけれど、今私が結婚したら母はどうなってしまうんだろう？　相手の人次第で、母の処遇が決まってしまう。そんな賭けはできない。

私の心配を知ってか知らずか、解決策を叔父が提案してきた。

《義姉《ねえ》さんの体調、思わしくないんじゃないのか？　この結婚が成功したら金を出してやってもいい》

「本当に？」

私だけではどうやったって施設の入居にかかる費用を用意できそうにない。絶望の中にひと筋の光が見えた。今のところ母のことを思えばお見合いをして結婚するべきだ。

たとえそれが、私自身の生活を犠牲にするものだったとしても。

《あぁ、俺だって鬼じゃない。お前たち親子にとってはいいタイミングだろ？　まさに渡りに船といったところだな》

ラッキーだったな、とでも言いたげな叔父にムッとするけれど、今向こうの機嫌を損ねるわけにはいかない。

株式を保持して音羽フーズを守り、母の施設の入居もかなえるには叔父の提案を受け入れる他ない。

でも……心の奥底でくすぶっている初恋が、すぐに返事をするのをためらわせる。

もう彼と結ばれることはないとわかっていても、それでも代わりの誰かと結婚したいとは思えない。

ただ、でも……他に方法がある？

自分に問いかけてしばらく考え、答えを出した。

私がお見合いをすれば問題が解決できる。これまで母が私を守ってくれたのだから、今度は私が母を守らなければ。

「わかりました。お見合いします」

思ったよりも小さな声になってしまった。まだ心のどこかで断りたい気持ちがあるからだ。自分でも往生際が悪いと思うけれど、そう簡単に割り切ることはできない。

しかし叔父は私の気持ちを考えることなどなく、どんどん話を進めていく。

《当日は少しはましな服でも着て、せいぜい相手に気に入られるように努力しろ》

叔父の言葉に私への気遣いはひとかけらもなかった。今に始まったことではないが、言うことを聞かない目障りな私を厄介払いできて、せいせいしているのかもしれない。

悔しいけれど従うしかない。六年半頑張ってきたが、今なお自分の力ではなにもできないのだと思い知らされる。

「わかりました」

母が安心して施設で暮らすためには、仕方がないことだ。短い返事をして電話を切った。

ここに母がいなかったことは不幸中の幸いだ。もし聞いていたら、どんな手を使ってでもこの話を止めただろう。

それこそ音羽フーズの株式を売ってでもだ。もう私は十分母に守られた。大切なものを失った時、そばにいて支えてくれた。

自分にできることがこれだけだと思うと情けないが、できることがあるだけましだと思う。

バッグの中から細長い革のケースを取り出す。そこから出したのは、貝殻の裏のような白い光沢を帯びた太軸の万年筆。今私が持っているものの中で一番高価なものだ。

生活のためにいろいろなものを売り払った。しかしこれだけはどうしても手放せなかった。なによりも大切にしている……私の心の支えだ。

ゆっくりと表面を撫でる。インクすら入れておらず普段万年筆として使うことはない。しかし大切に常に持ち歩いている、いわばお守りのようなもの。

いつまでも頼っていないで強くならないといけない。けれどなにかあればすぐにこれを手に取ってしまう。幸せだったあの頃を思い出すと、気持ちを強く持てた。

どういう形であれ結婚するのならば相手に誠実でいたい。しかし心まで明け渡すことができるのだろうか。

……無理だろうな。だって私は、今でも万年筆の元の持ち主を愛しているのだから。

「もう少しましな服はなかったのか？」

会って早々、私の頭からつま先までじろじろと見た叔父は、すぐに顔をゆがめてそう言った。

ここは都内にある老舗の高級ホテルのエントランスだ。普段、私が足を踏み入れるような場所ではない。

「これが〝ましな服〟です」

「それが？」

バカにするような笑みを浮かべ、歩き出した叔父の半歩後ろをついていく。

あの態度は本当に失礼だわ。五年前に買ったものだけれど、丁寧に扱っていたから十分綺麗だし色は落ち着いたベージュを選んで明るい印象を与えるようにした。相手に失礼のないように精いっぱい身なりを整えてきたつもりだ。ただ……確かに地味ではあるけれど。

それでも普段よりもしっかりとお化粧をして、髪もきちんとセットした。相手に少しでもいい印象を与えられるように自分なりに努力はしたのだ。

エレベーターに乗り込んでもふたりきりなのをいいことに、叔父は話を続けた。

「まぁ、せいぜい相手に気に入られるように愛想を振り撒くんだな。そのくらいしかお前には能がないんだから」

悔しいけれど叔父の言う通りだ。今自分にできるのはそのくらいしかない。このお見合いが成功すれば母は施設に入ることができる。それが今の私の唯一の望みだ。

本当は結婚を望んでいないなんて、相手には失礼な話だけれど。

……あっ、そういえば大事なことを聞き忘れていた。

「あの、叔父さま。私のお相手って？」

あれからすぐに日程が決まった。しかし十日後という急な話で、母の入院もありバタバタしていたため相手の確認すらしていなかった。どうせ断ることはできないのだから聞いても仕方がないという気持ちも少なからずあったけれど、会う前には聞いておきたい。

「まだ言ってなかったな。『赤城クリエイティブ』の社長、赤城家の御曹司だ。お前にはもったいない相手だろう？　俺に感謝するんだな」

私はその会社名に驚き、目を見開いた。

赤城クリエイティブって……私でも知っている大会社じゃない。確か国内広告代理店ではトップの規模だ。

「昔ならまだしも、どうしてそんな大会社の御曹司が私なんかとお見合いを？」

私が音羽フーズの〝お嬢さま〟だったのは昔の話だ。そして今の音羽フーズとの繋がりを赤城クリエイティブが欲しているとは考えづらい。

いったいどうして私とお見合いをすることになったのか、不思議でならない。

「それが向こうから頼み込まれたんだ。まぁ、音羽のすごさに気が付いたんだろうな」

叔父の言葉にあきれてしまう。業績が悪化し、経営していたレストランは次々に閉店し、フランチャイズの解約も後を絶たないというのに……なんとのんきなのだろうか。

けれど、それを口にはできない。私が叔父に代わって経営できるわけではないのだ。

私は父の作った会社が廃れていくのをジッと見ていることしかできない。

とはいえ……音羽側にはメリットだらけの縁談だ。だから叔父はこんなに気分がよさそうなのだろう。

「相手の名前は赤城……なんだったかな。まぁ、後で自分で確認するんだな。向こうは仲人は省いてやり取りしたいらしい。こちらにとっても都合がいい。面倒なことは少ない方がいいからな」

先方から依頼された縁談話だからか、叔父はもう成功したと思っているような態度だった。

最上階でエレベーターが止まる。先に降りた叔父に続いて廊下を歩く。

こんなことなら自分でしっかり相手を調べておくんだった。待ち合わせ場所であるレストランはもう目の前だ。今さら調べる時間はない。

私の焦りなどなにも気にしていない叔父は、どんどん先へ歩いていく。

「叔父さま、ちょっと待って」

「ぐずぐずするな。先方はもうすでにお待ちのようだ」

確かに待たせるのはよくないが、私の気持ちがついていかない。失敗は許されないと思うとどんどん緊張が高まっていく。

スタッフに案内されて店内を歩く。せめて深呼吸だけでもしたいと思ったが、その前に叔父が個室の扉を開いてしまった。

「すみません。お待たせしました」

これまで聞いたことのないような叔父の猫撫で声に驚きつつも、私は姿勢を正して後に続いて中に入った。

叔父の背後に立つ私には、相手の顔が見えない。

「いえ。私も先ほど来たばかりですから」

その声を聞いた私は固まってしまった。

嘘……そんなはずない。

否定したものの、心の中では〝まさか〟が渦巻いている。

きっと聞き間違いよ。緊張しすぎてそう聞こえるだけ。それにただ声が似ているだけの人かもしれない。

ドキドキと心臓が大きく音を立てる。汗がにじんだ手を、ギュッと体の前で組んだ。

「おい、なにをぼさっとしてる。さっさとこっちへ来い」

振り返った叔父が私の腕を掴み、無理やり横に立たせた。本来なら相手の顔を見るべきだが恐ろしくて顔を下に向けたまま、自分のつま先をジッと見つめる。

「すみません、愛想がなくて。ほら柚花、顔を上げて挨拶をしなさい」

叔父の声に私が反応する前に、相手が動いた。

「いえ。こちらが強く望んだ席ですので、私からご挨拶させてください」

低く耳触りのよい、よく通る声。否定したいのに、聞けば聞くほどあの人のように思えてくる。

違う、絶対に違う。第一、彼が赤城クリエイティブの御曹司なわけなどない。姓が違うもの。

そうであってほしいと、私は強く願う。

「赤城公士です。本日はよろしくお願いします。音羽柚花さん」

反射的に顔を上げた先には、ずっと会いたくて、でも絶対に会えなかった人の顔があった。

第二章　追憶

今から七年前。私は大学二年生だった。

あの頃の私は、世の中の苦しいことや悲しいことをなにも知らずにいた。周囲から守られ、すべてを与えられて生きていた。それがどれだけ幸せなことかもわからずに。

そして私を一番そばで見守ってくれていたのは、当時はまだ〝黒岩《くろいわ》〟姓だった公士くんだった。

＊　＊　＊

資産家の長男に生まれた父は食道楽が高じて、腕利きのシェフに声をかけレストランをオープンさせた。そのシェフが黒岩のおじさまであり音羽フーズの始まりだ。

おじさまの腕がよく父の商才もあり、外食事業はあっという間に波に乗った。さまざまな形態の店を展開しはじめ〝外食産業大手の音羽〟と呼ばれるまでそう時間はかからなかったと聞く。年商も従業員もどんどん増えていった。

その後母の実家が傾いた時も、父の支援でなんとか生活には困らなかったようだ。父はなんの迷いもなく母の実家を援助した。人のためにお金を使うのをいとわない人だった。父と母は娘の私から見ても恥ずかしくなるくらい仲がよく、そんな愛のある家庭でなに不自由なく私は育てられた。

小学校から大学までエスカレーター式の都内の私立学校に通い、高校卒業後もそのまま大学に進学した。周囲も同じような経歴の子が多く、キャンパスを歩けばすぐに知り合いに出くわすような、少々閉鎖的な環境だった。

よって私は〝音羽フーズの〟音羽柚花とみんなに認識されていた。

送り迎えは運転手付きの自家用車。両親に与えられたもので着飾り、大学生活をそれなりに楽しんでいた。

「帰りは公士くんと一緒だから、お迎えは大丈夫です。ありがとう」

運転手に告げてキャンパスに入る。レンガ造りの重厚な門を抜けると、イチョウ並木が見えてきた。

あちこちから「おはよう」という声がかかる。それらににっこりと手を振って応え、まじめに講義を受ける。少しでも変な行動をすると、すぐにSNSで噂が広がってしまうから狭いコミュニティにいる以上気を付けなくてはいけない。

『常に音羽の名を背負って生きていると思いなさい』

父の言葉はいつも頭の片隅にある。それがうっとうしいと思うこともあったが、自分の軽率な行動で両親に迷惑をかけるつもりはなかった。

そんな少々窮屈ともいえる環境で、私の心の支えは公士くんだった。

中学生の時に出会い、気が付いたら彼を好きになっていた。

黒岩家と我が家は家族ぐるみの付き合いをしており、父は黒岩のおじさまの料理の腕をいたく気に入っていた。

だんだんと会社が大きくなっていった後も、ふたりはよくお酒を飲みながら時間を過ごすいわば友人のような関係だ。

一度父がおじさまに『経営陣に加わらないか?』と打診したみたいだが、おじさまはそれを断って、シェフとして現場に立ち続けることを望んだそうだ。

五歳年上の公士くんは少し面倒そうにしながら、いつも私の世話をしてわがままを聞いてくれる。学生時代はずっと家庭教師として勉強を教えてくれたし、両親に言えないような学校の悩みも彼になら話せた。

容姿端麗で身のこなしもスマート。それでいて日本の最高峰の大学に難なく合格し、卒業後は公認会計士として大手の監査事務所に勤務している。

そんな完璧な男の人がそばにいて、好きにならずにいられるだろうか。男性と関わるとついつい公士くんと比較してしまい、他の人がどうやっても霞んで見えてしまう。

高校生の頃、冗談めかして『責任を取ってほしい』と彼に言ったら、『百年早い』と言われて落ち込んだ。けれど私の願いはすぐに叶うことになる。高校卒業と同時に彼がきちんと告白をしてくれたのだ。

嫌われていないとは思っていたけれど、まさか付き合ってもらえるとは思っていなかった私は天にも昇るような気持ちだった。

そして彼との交際は二年半経っても続いている。

午後の授業が終わった後、私は裏門で公士くんと待ち合わせをしていた。

そわそわしながら辺りを見回すと、駐車場に止めてある一台の車の脇から、こちらに手を振っている彼に気が付いた。

「公士くんっ！」

名前を呼び、走り出した私を彼が笑顔で迎えてくれる。

「走ると転ぶぞ」

「そんなはずないじゃない。子ども扱いはやめて」

もう大学生なのだ。そろそろ小さな子に接するような態度はやめてほしい。

「はいはい。ではお嬢さま、こちらにどうぞ」

今度は恭しく車のドアを開けて、助手席に私を促す。

「どうもありがとう」

私も彼の行動に合わせるように、ツンとした表情をしてみせる。

私が席に座ったのを確認すると、ドアを閉めて彼は運転席の方に回った。そして軽やかにシートに座ると、シートベルトを着用する。

「ねぇ、公士くん。こんな時間に待ち合わせて本当によかったの？」

時間は十六時少し前だ。彼の退勤時刻には早すぎる。

「あぁ、今日は姫とデートだからって午後休みを取ったから」

「冗談でしょ？」

まさかそんな理由で仕事を休むなんて許されるのだろうか。

「半分本当。休日出勤の振替を今日にしただけ。それに仕事さえきちんとしていれば文句は言われないよ。ワークライフバランスを大切にしている会社なんだ」

そうはいっても公認会計士であり、監査法人で働く彼は常に忙しいのを知っている。

それでも私に合わせて休みを取ってくれたことがうれしい。

公士くんは時々意地悪なことを言うけれど、私を傷つけることは絶対にしない。そのうえ、他の人が言ってくれないような私のダメなところをしっかり注意してくれて、『仕方がないな』と言いながらいつもわがままを聞いてくれる。

誰も彼の代わりなんてできない、私にとって唯一無二の存在だ。

過保護な両親に育てられた私が、家族以外に心を許せるたったひとりの人。

エンジンをかけた彼が行先を聞く。

「このまま親父のところに行く？」

「約束の時間まではまだあるわ。行きたいところがあるの」

「おっけ。どこに行きたい？」

彼はハンドルを握るとゆっくりと車を発進させた。助手席から彼の横顔を見る。

「なに？　そんなに見られると緊張する」

「絶対嘘！　でも久しぶりに公士くんとゆっくりできるからしっかり見て記憶に残しておこうと思って」

真剣に運転する顔がカッコいい。なにをしていても様になるので、常に覚えておかなくてはいけないから忙しい。

「なんで今そんなかわいいこと言うんだ」

「なんでって……」

「今すぐキスできないだろ。っと」

その時ちょうど信号が赤になって、彼がブレーキを踏んだ。

「神様からのご褒美だな。この赤信号は」

彼はそう言うと、私の腕をぐっと引いて唇に軽いキスを落とした。


「で、ここが柚花の行きたかったところね」

公士くんはコーヒー片手にあきれた顔をしている。

ここはシアトル系コーヒーを提供するコーヒーショップで、エスプレッソをミルクやシロップでアレンジしたドリンクが人気だ。

全国各地に店舗があり、この店も多くの人でにぎわっている。私のお目当ては期間限定のサツマイモを使ったドリンクだった。

「ん～甘くて美味しい！　幸せ」

ほんのりと口に広がる甘さに思わず頬が緩む。

「それはよかった。しかし随分安い幸せだな」

彼は頬杖をついて私を見ている。

「幸せってお金で買えないって言うじゃない？　それにこういうところは公士くんと

じゃなきゃ来られないんだもの」

「まぁ、音羽フーズのご令嬢がひとりでふらふらしているのは危険だよな」

「前に学校の友達にからかわれたの。音羽さんこんなお店で食事するの？って。お店に失礼だと思わない？　それからなんとなく友達と行くの躊躇しちゃって」

友人からしてみれば少しからかっただけかもしれない。でも気を使って一緒に行っても楽しいとは思えないだろう。いつも送り迎えをしてくれている運転手にも言いづらい。

けれど友人やSNSで見かける同年代の子たちがしていることを、私も同じように経験してみたいと思う。

「ひとりでなんて、お父さん絶対許してくれないもの」

両親が運転手をつけるほど過保護なのには理由があった。

私は小さい頃、誘拐されそうになったらしい。〝らしい〟というのは、私自身にまったくその時の記憶がないからだ。だからトラウマもなにもないが、両親は違った。

事件以降、過保護に拍車がかかった。ひとりで外出はもってのほかで、通学や習い事も運転手が送り迎えをしてくれた。

休日に友達と遊びに行く時も事細かに場所や帰宅時間を聞かれ、少しでも時間が遅くなると、普段は温和な両親がものすごい剣幕で怒った。

それ以来、私は両親の気持ちを尊重するようにした。大好きなふたりを悲しませたくないし、なに不自由なく育ててもらっている。多少の不便は仕方ない。

ただ、ほんの少しだけ羽目を外してみたくなる時もあるのだ。

「私が自由にできるのは、公士くんと一緒にいる時だけだもの」

「確かにそうだよな」

公士くんが大きな手のひらで、私の頭を撫でる。

黒岩家とは家族ぐるみの付き合いだし、両親も公士くんのことをよく知っている。そして彼のことを誰よりも信用している。学生時代からしっかりと体も鍛えているので、なにかあったとしても私を守ってくれると信じているのだ。

その上彼ほどの人物が近くにいれば、悪い虫は寄ってこないはずだと言っていた。

しかし実際は、どんな人が寄ってきたとしても私が彼以外の人に目を奪われることが一切なかった。効果はてきめんである。

「俺がどこにでも連れていくし、なんでもしてやる。これから先もずっと」

「本当に？　一生だよ」

「もちろんそのつもりだ。俺のお姫さまは柚花だけだからな」

テーブルの下でギュッと手を握られて、ちょっと恥ずかしいけれどうれしい。見つめ合って笑う。

「じゃあさっそく、来週提出のレポート、手伝ってくれない？」

「ずるはダメ」

「え〜ケチ」

唇を尖らせる私に少しあきれた様子を見せた彼だったが、ちゃんと添削してくれた。いつまでもこうやって甘えていてはいけないと思いつつ、大好きな彼のそばではついつい自分をさらけ出していた。

そんな私を、彼はいつも全力で受け止めてくれる。

レポートを終わらせて追加でチョコチップスコーンも食べて満足した私は、公士くんのお父さんが料理長を務めるレストランに足を運んだ。

今日は私の両親と公士くんと私で食事をする予定なのだ。久しぶりにおじさまの料理を味わえるのを楽しみにしていた。

車を止めて店の中に入る。スタッフが私と公士くんの顔を見るなり「お待ちしておりました」と丁寧に出迎えてくれた。

ここは父が黒岩のおじさまのために開いたレストランだ。父は今となっては多くの店を展開しているが、この店は私たち家族にとって特別な店だ。

「いらっしゃい、柚花ちゃん。公士」

髭の似合うダンディな男性がコックコートで出迎えてくれた。黒岩のおじさまだ。

ここ最近は他の店舗も統括しているのでキッチンに立つ機会は減ったようだが、今日は私たちのために腕をふるってくれると言っていた。

「親父、今日はなにを食べさせてくれるんだ?」

「おいおい、挨拶もなしか」

公士くんの態度におじさまは苦笑を浮かべる。

「柚花ちゃんは今日もかわいいね。早くうちに嫁に来ないか?」

「え、いや、あの……」

嫁って……そんな。

公士くんと付き合ってはいるけれど、まだ将来の約束をしたわけじゃないのに。

恥ずかしくて耳の先まで熱くなってしまう。

「おいおい。俺がカッコよくプロポーズするまで親父は待ってろって」

「お前がぐずぐずしているからだろ」

「俺たちには俺たちの計画があるの。な、柚花」

急に話を振られた私は「え、ええ」とあいまいに頷く。

そんな話したっけ？　いつかはそうなるといいなって思っているけど。

これ以上この話を続けていると、墓穴を掘ってしまいそうだ。

「おじさま。お父さんたちは？」

話題を変えてその場を乗り切ろうとする。幸いおじさまもそれ以上深くは追及してこなかった。

「奥さんは中で待っているよ。健一《けんいち》はまだ来てないな」

いつもは時間に厳しい父なのに。仕事で遅れているなら仕方ない。

「部屋はいつものところだよな。勝手に行くぞ」

公士くんに手を引かれながら廊下を歩き、私たちが個室に入ろうとすると、中から母が飛び出してきた。

その慌てた様子に驚く。

「お母さん、どうかしたの？」

明らかに様子がおかしい。いつも朗らかに笑う母の顔は無表情で青白い。

「お母さん！」

私がもう一度声をかけ、腕を掴んで揺らす。するとやっと母が口を開いた。

「け、健一さんが事故に遭ったって……」

言い切った瞬間、その場に倒れそうになる母を公士くんが支えてくれる。

「事故って、嘘でしょう」

私もショックでふらりと体が揺れ、壁に寄りかかる。

「柚花、しっかりしろ」

母を支えている公士くんの声で、ハッと我に返った。

「とりあえず、広子さんを座らせるから。音羽社長の秘書に連絡取れるか？」

「う、うん」

私がスマートフォンを取り出している間に、公士くんは母を椅子に座らせる。騒ぎを聞きつけた黒岩のおじさまが母についていてくれた。

私は必死になってスマートフォンの連絡先から父の秘書の電話番号を探そうとするけれど、指が震えてうまく動かない。

「貸して。俺がやるから」

私が頷くと、彼が電話をかけはじめる。するとすぐに繋がったようだ。

情けないことに、私は彼にすべて任せっきりでなにもできなかった。

「黒岩公士です。今、奥さまと柚花さんと一緒なんですが、社長の容態は？」

なにを聞いたのか、彼が一瞬見たこともないような怖い顔をした。不安がどんどん大きくなる。

「病院は……はい。わかりました。すぐに向かいます」

電話を切った彼に私は詰め寄る。

「ねぇ、お父さん大丈夫なんだよね。ちょっとケガしただけなんだよね」

彼が「ああ、そうだよ。安心して」と言うはずだ。そう思っていたけれど、予想は外れた。

「危ない状況らしい。すぐに病院に向かおう」

「そ、そんなっ！」

私はその場で頽《くずお》れそうになった。それを支えたのは公士くんだ。

「ここでぐずぐずしている時間はないんだ。頑張るんだ、柚花。俺がついているから」

彼の言葉に励まされて足を動かす。

お父さん……どうか、無事で。

震える私の手を、公士くんがギュッと握っていてくれた。

そこから目まぐるしくいろいろなことがあった。季節は瞬く間に過ぎていき、父が亡くなって一年が経った。

父親の葬儀の後、母は心臓の病気が見つかり入退院を繰り返すようになった。

それに加え、会社を父の弟である叔父が経営するようになり、内部もどんどん変化していく。

そして会社同様、我が家の中もなにもかもが叔父に支配されていった。音羽家はもともと家長が家にまつわることをすべて決定する。父亡き後、あれこれと判断を下す叔父に、母も私もそうするのが当然だと従ってきた。

苦労知らずの母とお嬢さま育ちの私はなにもできずに、叔父の横暴とも思える態度をただ黙って見ていることしかできなかったのだ。

父が生きていた頃からの顧問弁護士や、秘書たちが味方でいてくれたが、気が付けば叔父に解雇されていて、私たちの周りからは頼れる人がどんどんいなくなっていた。

最後まで残ってくれたのは、黒岩親子のみ。

彼らはずっと私と母を心配して寄り添ってくれており、叔父に会社のことや音羽家のことについて苦言を呈してくれていた。そのせいか叔父と黒岩のおじさまの対立はどんどん激しくなっていった。

また会計士である公士くんは、相続や資産管理についてアドバイスをしてくれた。

しかし叔父は『他人が口を出すな』と激怒して、自身が懇意にしている税理士と弁護士に依頼をして、相続を終わらせてしまった。

彼の善意を無下にされ、申し訳ない気持ちでいっぱいになる。『力になれなくて、すまない』と言われると、悪いのはこちらなのにといたたまれなくなった。

公士くんは事あるごとに私を励まし、勇気づけてくれていた。そのたびに父の死を乗り越えて前向きに頑張ろうと思えた。

しかし叔父は、もともと父と折り合いの悪かった社員たちを味方にして、社内での勢力を伸ばしていった。私や母には発言権すらなく、ただされるがままだった。

そんな時、音羽フーズが大量の店舗の閉鎖を行い、新規事業に乗り出すというニュースが流れてきた。父が大切に築いたものが、たった一年の間にどんどんなくなっていくような気がして母と私は不安になる。

黒岩のおじさまが反対してくれたようだが、経営に携わっていないおじさまの言葉を叔父は無視し続けた。

音羽の家も同じで私たちの意見には一切耳を傾けてくれず、私は母の看病で精いっぱいで叔父を止めることができずにいた。

お手伝いさんは解雇され、私は慣れない家事をし、病気の母を支えて過ごした。自宅には叔父の手配した秘書という名の監視役がおり、外出すら叔父の許可が必要になっていた。

その頃になると、私の中にあった〝頑張ろう〟と思う気持ちはどんどん小さくなっていった。そしてこんな状況になってもなお、私を大切にしてくれる公士くんに申し訳ない気持ちでいっぱいになった。

自分になにができるのか、なにをするべきか考えても答えが出ない。ただ彼に心配をさせないように明るく振る舞うことしかできなかった。

彼も仕事で忙しい中、我が家になにかできることがないかといろいろ調べてくれている。そんな彼に心配をかけたくなくて、叔父の非道な振る舞いを彼には隠し通してきた。身内の恥をこれ以上さらしたくなかったのもある。

私は父を亡くしたショックと日々のストレスで、次第に考えることを放棄して叔父の言う通りに過ごすようになった。

私は見かけだけでも元気に見えるように気丈に振る舞っていたが、それにも限界が訪れた。

突然叔父がお見合いの話を持ってきたのだ。これから先もずっと私を支配しようとする叔父の身勝手さにとうとう我慢できなくなり、公士くんに電話で自分の思いをさらけ出した。

「他のことなら我慢できた。でも……私、公士くん以外と結婚するなんて嫌。絶対に嫌なの」

私のお見合い話を聞かされた時、公士くんは息を呑み、なにかに耐えるように数秒無言になった。

《そんなこと、絶対にさせない。今までひとりで耐えさせてごめん》

声色から彼の怒りと、そして後悔が伝わってきた。しかし彼に実情を知らせていなかったのは私だ。知らなくて当然なのにそれでも彼は私に寄り添ってくれる。

「私こそ頑張れなくてごめんなさい」

《柚花は十分頑張った。ここからは俺に任せて》

「……ありがとう。公士くんがいてくれてよかった」

ずっと我慢していた彼への思いがあふれ出す。彼ならきっと私を助けてくれる。

私は電話を握りしめたまま、その場にうずくまって泣いた。

公士くんに助けを求めてから数日後の二十一時。玄関のチャイムが鳴る。

この一年でめっきり客足が途絶えた我が家。しかもこんな時間に誰だろうかと、母と顔を見合わせる。

不思議に思いつつ、インターフォンのディスプレイを見るとそこには叔父がいた。

「いったいどうしたの？」

またお見合いの話をされるのかと思い私が固まっていると、玄関の扉が開いて叔父が中に入ってきた。勝手に作った合い鍵を使ったのだろう。

「誰の出迎えもないとは、本当にここの家の者は、しつけがまったくできてないな」

文句を言いながらリビングに現れた叔父は、にやにやと嫌な笑みを浮かべている。

「すみません。出迎えが遅れました」

「お前たちの出来が悪いのは今に始まったことじゃない。兄さんも嫁と娘を甘やかしすぎたな」

亡き父を侮辱する言葉に怒りが湧いたがここでもめたくない。私はぐっとこぶしを握って我慢した。

「篤史さん、今日はどうしてここに？」

母が私と叔父の間に立ってくれて少し冷静になれた。

「おや、義姉さん、わたしがここに来て焦りましたか？」

「なんのことでしょうか」

わけ知り顔の叔父。母は普段見せないような厳しい顔をしている。ふたりの間に流れる空気がいつもと違うことを感じた。

「なるほどな、わたしがなにも知らないとでも本気で思っているのか？」

叔父はそう言うや否や、リビングの奥にある部屋のドアを開けた。そしてそこに置いてあるボストンバッグを手に取る。

「おや、わたしに黙ってどこかに旅行でも？」

「それはっ！」

母は焦ったように叔父が手にしているボストンバッグを取り返そうとした。

「こ、これは。私の入院用のバッグよ。そうよね、柚花ちゃん」

母がなんとかしようと私の腕を握り、言い訳をしている。しかし叔父はそんな母を鼻で笑った。

「義姉さんが入院？　ここ最近、容態は安定しているようですが。適当な嘘をついて面倒をかけないでほしいな」

怒りをあらわにした叔父は、ボストンバッグのファスナーを開けて中身をひっくり返した。

「やめて！」

ひどい行いに声をあげたが、叔父はそんな私に空になったバッグを投げつけた。

「柚花ちゃん！」

私をかばった母に、バッグがぶつかる。

「なんてことするの。やめてください。叔父さまっ」

「それはこっちのセリフだ。勝手な行動をするなと言っただろう。これを持って逃げ出すつもりだったのか？」

母はなにも言い返さずに唇をギュッと嚙み、下を向いている。

「義姉さんは、黒岩親子に騙されているんですよ。目を覚ましてください」

なぜここで公士くんたちの名前が出てきたのかわからない。しかし今そのことを深く考えている時間はなかった。

「黒岩のおじさまはそんな人じゃないわ。お父さんをずっと支えて――」

「うるさい。なにも知らない小娘が口を出すな」

叔父が反論する私に手を上げる。

「ダメ、柚花ちゃんに手を出さないで」

かばうように母が私を抱きしめた。

「篤史さん、乱暴はやめてください」

「ふんっ。母親が甘やかすから娘が反抗的になるんだ」

叔父は足元に落ちている空になったバッグを忌々しげに蹴り上げた。

「とにかく黒岩親子とは今後一切関わり合うな。わかったな」

「嫌よ！」

私にとっては公士くんとの人生は最後の希望だ。それを奪おうとする叔父に抵抗する。

「生意気を言うな。お前がそんな態度だからあの親子が苦しんでいるんじゃないのか？」

叔父のにやにや笑いに、私は激しく嫌悪感を持った。

「篤史さん、私はどうなってもいいから娘は見逃して。お見合いなんて断ってください。娘には大切な人がいるの」

母は叔父に縋りついた。

しかし叔父はそんな母を冷たい目で見下ろしている。

「黒岩の息子だろう？　本当に親子そろって目障りだな」

叔父は吐き捨てるように言って、薄気味の悪い笑みを浮かべる。

「お前が黒岩の息子を選ぶっていうなら、そいつの人生もめちゃくちゃにしてやるからな」

衝撃的な言葉に私は声を荒らげた。

「どうして？　公士くんは関係ないじゃない！」

「関係ないかどうかは、お前の態度次第だ。黒岩は俺が今後音羽フーズを経営していく上で厄介な存在なんだよ」

確かに黒岩のおじさまはずっと、社内で叔父と対立する立場だった。

「黒岩は横領の罪で失脚した。昨日付けでクビだ。やってもいないのに悲惨だな」

ありえないことを聞かされて、驚きで体が震えた。

「そんな……どうして」

黒岩のおじさまは父の残した音羽フーズを守ろうとしてくれただけなのに。そしておじさまにとっても、音羽フーズは大切な場所だったはず。

ずっとお世話になってきた人なのに、私はなにもできないなんて。

目頭が熱くなり、じわっと涙がにじむ。

「真実なんて誰も気にしない。みんな自分の身を守るのに必死だからな。哀れなものだ」

バカにするような態度に腹が立って仕方がなかった。

「許さない、絶対に！」

私は叔父に掴みかかったが、あえなく突き飛ばされる。

「柚花ちゃん！」

慌てた母が駆け寄ってきたが、私は叔父をにらみつけた。

「なんだその反抗的な目は。そうだ、いいことを思いついた。息子の公士も父親もろとも地獄に突き落とそうか」

「ど、どうして！　彼は音羽フーズとは関係ないじゃない」

それなのに叔父が、どうやって手を下すつもりなのか。

「横領を手引きしたのが公認会計士の息子ってことにすれば、ふたりとも音羽フーズから遠ざけられるな。このまま国内にいるのなら、監査法人に告発して働けなくするのもいい」

叔父は醜悪な笑みを浮かべている。その姿に言いようのない怒りと悲しみが込み上げてきた。

「彼は悪いことには絶対に手を染めない」

「それを証明するのは難しいだろう。一度そんな噂が立ったら、二度と公認会計士としてはやっていけないだろうな」

どうやったら、そんなひどいことができるのだ。罪のない人を軽々しく巻き込もうとする叔父に戦慄を覚える。

「叔父さま、公士くんを巻き込むなんてやめて」

私はもう叔父に逆らう気力もなく、必死になって止めることしかできない。

「黒岩の息子がこっちの経営に口出ししてきたら面倒なんだ。だから我が社からふたりとも遠ざける。それがお前にできたら、あいつら親子にはこれ以上手出しはしない。見合いの話もなかったことにしてやろう。どうだ、できるか？」

私になにをさせるつもりなのだろうか。でも彼らを傷つけることはできない。

私に今できるのはそれしかない。私は仕方なく頷いた。

「篤史さん、バカなことはやめ——あっ……うっ」

話を聞いていた母が止めようと口を挟んだが、急に胸を押さえて苦しみはじめる。

そんな母にも叔父は冷たい態度のままだ。

「あぁ、兄さんもこんな病弱な女と結婚したなんて運が悪い。だからあんなにあっけなく逝ってしまったんだな」

そんな根拠のない言いがかりで、両親を貶める。

胸の中には怒りと失望と憎しみが渦巻く。

「ひどい。お母さんだってなりたくて病気になったわけじゃないのに！」

「柚花ちゃん、いいから……」

苦しみながらも自分を守ろうとしている母を叔父から守れるのは私だけだ。そして叔父の企みから公士くんを守れるのも私だけ。

いつまでも黒岩のおじさまや公士くんに頼っていたら、いつかまたこちらの事情に巻き込んでしまう。

叔父は常識や良心に訴えかけておとなしくなるような人ではない。

私がしっかりしなきゃ。

「わかりました。私から公士くんに……別れを切り出します」

私と彼が別れればもう音羽家と関わることはないだろう。そうすることでしか、母も公士くんも守れない。決心したけれど苦しくて嗚咽が込み上げてくる。

「そうか、まぁそれが賢い選択だ。まともな判断力を持っていて安心した。せいぜい頑張るんだな」

私が屈したことに満足したのか、最後までバカにしたような態度のまま、叔父は帰っていった。

「柚花ちゃん。篤史さんの言うことは聞かなくていいから。これを持って公士くんのところへ行きなさい。彼には話をしてあるからね」

母はしゃがみ込み、めちゃくちゃにされた荷物を急いでバッグに詰め直す。どうやら母は私だけを逃がそうと公士くんに連絡を取ってくれていたみたいだ。

しかし素直に頷くわけにはいかない。

「なに言っているの？　そんなことしたら――」

「あなたにはあなたの人生があるの。後のことはお母さんがなんとかする」

母は私にボストンバッグを持たせると、背中をグイッと押した。

「逃げなさい」

小さいけれど、しっかりとした声だ。

「……そんな。お母さんはどうなるの？」

母のただならぬ様子に、私はうろたえた。

「タクシーで公士くんのところへ行きなさい。お金は鞄に入っているから」

「でも……」

「いいからっ。公士くんが助けてくれるわ。だからお母さんの言うことを聞いて」

私は首を横に振る。母を残していくことはできない。しかし母は力いっぱい私の背中を押す。病弱で細い体のどこにそんな力があるのかと思うくらい強く。

母の私に対する思いが伝わってきた。しかし父が亡くなり体調も崩し、私までいなくなったら母はどうなってしまうのだろうか。

幸せだった頃の家族の思い出が頭の中に浮かぶ。過保護だったけれど大きな愛で包んでくれた両親。本当に自分だけここから逃げ出してもいいのだろうか。

「ごめんお母さん。私だけ逃げるなんてことはできない」

「柚花ちゃん！　お願いだからお母さんの言うことを聞いて、幸せになってほしいの」

「嫌。ここでお母さんを置いて逃げ出したら私、一生後悔するわ。幸せになんてなれない」

まぎれもない本音だ。今まで私は周囲にずっと守られてきた。今その恩を返す時がきたのだ。

私が我慢すればみんなを守れる。苦しみや悲しみ、将来に対する絶望が胸に渦巻いている。それでも私は勇気を出さなくちゃいけない。

強くならなきゃ、強く。

「お母さん、大丈夫だから」

「柚花ちゃんっ」

私は自室にこもって鍵をかけた。背後から母の涙声が聞こえてきたけれど振り返らなかった。そして決心が鈍る前にスマートフォンを握りしめた。

これで彼の声を聞くのは最後になるかもしれない。そう思うと電話に出てほしくない。しかしそんな願いもむなしく、彼は私からの連絡を待っていたかのようにすぐに電話に出た。

《柚花、どうかしたのか、なにかあった？》

第一声は私を心配する言葉。彼の優しさに胸がギュッとなる。それと同時に私はこの優しい人を裏切らないといけないという思いで苦しくもなる。

「ううん、平気だよ」

泣いたらすぐにばれてしまう。私は深呼吸をして一世一代の演技をする。大丈夫、いつも他人の前では〝音羽のお嬢さま〟をやってきたじゃない。

自分を奮い立たせる。

《柚花、どうした？》

決心をしている間、無言だったせいで余計に心配をかけてしまった。

「公士くん。お母さんがなにかお願いしていたみたいだけど……」

《あぁ。柚花も聞いたのか？　とりあえず柚花だけでも家を出て、広子さんのことは

それから考えよう。いつなら家を出られる？》

いつも冷静な彼から慌てている様子が伝わってくる。それだけ心配してくれているのだろう。

しかしその彼に冷酷な言葉を投げつける。

「それは母が勝手に頼んだことなの。私はあなたと一緒に行くつもりはないわ」

《なんでだ！　柚花》

彼の困惑が声を通じて伝わってくる。

心がかき乱されたがなんとか持ちこたえた。チャンスは一度だけ、失敗はできない。

「公士くんに父の会社を守れるとは思わない」

できるだけ傲慢な言い方をする。

《柚花……それは確かに君の言う通りかもしれない。でも――》

「もういいの。あれからよく考えた。私が本当に大切にしたいものはなにか」

彼は言葉を挟まずに、私の話を聞いている。

「母のことも音羽フーズのことも放っておけない。それなら、力のある人と結婚するのが一番だって。だから叔父の勧める相手とお見合いをすることに決めたの」

《よせ。見合いを承諾したら相手の思うツボだろう》

確かに彼の言う通りだ。叔父の思惑通りに人生が進む。

「でも……少なくとも近くで音羽フーズと母を守ることができる。私は自分の責任を投げ出したくない」

これはまぎれもない今の自分の気持ちだ。彼を納得させるには嘘と真実を混ぜ、説得力を持たせなくてはならない。

《それなら俺と一緒に頑張ればいいじゃないか》

彼の魂からの訴えに心が揺れる。しかしそれを受け入れてしまったら、彼は私という荷物を背負ってこの先ずっと生きていかなくてはならなくなるのだ。

受話器を持つ手が震える。私はうまく嘘をつけているだろうか。

《……今の状況から逃げ出せるなら、相手は誰でもいいってことか？》

「誰でもいいわけない。ちゃんと叔父に対抗できる人じゃないと。でも公士くんでは無理だわ」

思ってもいないことを口にしたから、胸が痛い。しかし言われた彼の方がつらいはずだ。泣いてはいけない。

もし私が今彼と別れられなければ、叔父はすぐにでも公士くんに対する攻撃を始めるだろう。

《柚花……》

あとひと押しだ。できれば言いたくないが……彼を納得させるためには必要だ。

「それに黒岩のおじさま、音羽フーズのお金を横領していたんでしょ。犯罪者が親戚になるなんてごめんだわ」

そんなことする人ではないとわかっている。けれど私は徹底的に嫌われなくてはいけない。彼の中にある私への想いを粉々にする。そして綺麗さっぱり忘れて新しい彼の人生を歩んでほしいのだ。

それが私が彼にできる最後のことだから。

《柚花、どうしたんだ？　そんな思ってもいないことを言うな》

「公士くんったらお人よしすぎるわ」

こんな状況になっても私を信じてくれている彼にひどい態度を取る。

《なんとでも言ってくれ。俺は柚花をあきらめない》

どうしてこの人の手を離さなくてはいけないのだろう。自分で決めたことだけれど神様を思わず恨んでしまう。胸が張り裂けそうに痛い。

それでも私は私の大切な人を守りたい。

「はっきり言って迷惑なの。二度と私たちの前に現れないで」

《柚花──》

彼がまだ話をしている途中だったが、私は無理やり電話を切った。そしてすぐに電源を落とす。

「これでいいの、これで」

私はソファの上にスマートフォンを置いたままにして、ベッドにもぐり込んで布団を頭からかぶった。

苦しみや悲しみ、絶望から隠れるようにして、声を潜めて涙を流した。

「う……ううっ……あぁあああぁ」

我慢できずに嗚咽が漏れてしまう。母に心配をかけないように枕に顔を押しつける。

枕には私の涙の染みがどんどん広がっていった。

悔しい……悔しいけれど、これで公士くんを守れた。これまでたくさん守ってくれた彼を今度は私が守るのだ。

そう割り切ろうと思っても、なかなか心がついていかない。

今日だけは気の済むまで泣かせてほしい。

私の最初で最後の恋が、終わった日なのだから。

それからすぐに、私と母は音羽の家を追い出された。

叔父はずっと父が音羽家を継いだことを恨んでいた。決まり事とはいえ納得していなかったのだ。だから叔父にとって父の死はチャンスだった。

自分が奪われたものを取り戻す……そんな気持ちだったのだろう。

だから父の関係者である私や母は、彼にとっては邪魔な存在だ。利用価値はあるものの、これまでのような暮らしを保証するつもりはないとはっきり言われた。

それも仕方がない。公士くんとの別れを受け入れたのだから見合いは絶対にしないと言い張り、母も私の味方をしてくれた。

叔父は自分の周りにいる面倒な人間をことごとく排除していった。私たちもその一部だ。

父が私たちに残してくれた家や遺産は、いつの間にか叔父が管理していた。気が付いた時には私と母のもとにはほとんどなにも残っておらず、その状態で放り出されることになったのだ。

この時ほど、自分の無知を呪ったことはなかった。

大学を中退し、母とふたりで狭いアパート暮らし。

母も体調がいい時は、近所のスーパーでレジ打ちのパートをしたり家事をしたりしてお互いに支え合った。

私も初めて経験する〝労働〟につらい思いをすることもあった。こんなにもお金を稼ぐのは大変なんだと思い知る。

昔はアルバイトをして自分でお金を稼ぐことに憧れた時もあった。でもまさかこんなに厳しいとは……。

とはいえ思っていたよりも働くのは苦にならなかったので助かった。これまで多くのものや人に囲まれて暮らしていたが、今手の中にあるものが自分の身の丈に合っているのだと思う。

世間を知らない母子ふたりの生活は本当に厳しかったが、父の命日だけはいつも音羽フーズのファミレスで食事を楽しんだ。私たちを音羽から追い出した叔父が経営する店だが、父との繋がりを感じられる数少ない場所だ。

私たちが入店しても、誰も元社長夫人と令嬢だとは気が付かない。これまでさんざん音羽の名を気にしていたのに、あっけないものだ。

決して楽ではなかったけれど、自分の足で歩く人生も母と一緒なら悪くなかった。

両手に収まるくらいの幸せを母とふたりで共有して生きていく。つらいこともあるけれど、それでも叔父に四六時中監視される生活よりは、はるかにましだった。

ずっと欲しかった自由が手に入った。自由には責任が伴うとはよく言ったもので、私はそのふたつを抱えて、しっかりと自分の足で歩いている。

今の私を公士くんが見たらどう思うかな。

頑張っているって褒めてくれるかな。

そんなことを考えて、そんなはずはないと自分で否定する。

あんなひどい別れ方をしたし、もう二度と彼に会うことはない。

でもこれまでもこれからも、私はこうやって事あるごとに彼に思いを馳せる。そうすることで私はいつも前を向いて頑張れるから。

思わず自分の世界に入り込んで、過去を思い返してしまっていた。

今はまだお見合いの途中なのに！

我に返ってこの場から逃げ出そうとする。

「し、失礼します」

しかし立ち上がった公士くんが、私の手を掴む。

「失礼だと思うなら、席に着いて」

ジッと目を見つめられて、逸らせない。

「でも……お見合いなんて」

「無理？」

私は言葉なく頷く。

「なぜ？　昔は俺の顔大好きだっただろ？」

冗談めかした言い方でからかってくる。途端に昔の彼とのやり取りを思い出した。

そのせいかわずかに緊張が解れる。

「な、なに言っているの？」

瞬時に頬に熱が集まったのがわかった。

「なにって、事実だろ？　嘘はついてない」

「だとしても、いつの話をしているんですか？」

今よりもずっと世間知らずだった頃の話だ。それに彼の容姿に目を奪われない人なんているのだろうか。

三十二歳になった彼は、昔よりも落ち着いた雰囲気で大人の色気が加わった。おそらく誰もが彼の麗しさに吐息を漏らすはずだ。

身長は百八十センチを超えており、背の低い私は近くにいると彼を見上げなくてはいけない。

オーダーメイドであろう上質なスーツに包まれた体は、彼のストイックな一面を表すようにしなやかで無駄が一切ない。

少し長めの髪はきちんと整えられていて、彼の甘いマスクによく似合っている。

ちょっと意地悪そうに笑う唇は形がよく、そこから発せられる耳に心地よい低い声も昔と変わらない。

「ほら、見てる」

「み、見てない！です」

ジッと彼を見ていたことを指摘されて、慌てて否定する。しかしその様子がむしろ〝じろじろ見ていた〟という事実を表してしまっている。

「まあ、どっちでもいいさ。君がここにいて俺の話を聞くなら」

座るように目で促されて、先ほど彼が座っていた椅子の向かいに腰かけた。少しばかり落ち着いてきて、今さら逃げたところで事態は好転しないとわかったからだ。それならばきちんと相手に納得してもらう方が得策だ。

そう考えたものの、彼になにをどう告げればいいのかわからない。できれば今の自分が置かれている状況を彼に話したくない。もう彼は知っているだろうけれど、自分の口から説明するのは避けたい。私のなけなしのプライドだ。

結果、黙ったまま白いテーブルクロスをジッと見つめることになる。

「アイスティーでいいか？」

彼の言葉にハッとして顔を上げた。

「……はい」

彼は昔の私のことを覚えているのだと思った。デートの時はいつもアイスティーを頼んでいたから。いや、実際には今思い出しただけかもしれないが。

注文を済ませた後、これまでずっと気になっていたことを彼に尋ねた。

「あの……黒岩のおじさまはどうされているんですか？」

五年半前、おじさまは叔父によって音羽フーズを無実の罪で追い出され、その後親子で渡米したと聞いた。そして今、公士くんは〝赤城〟公士としてここにいる。

「亡くなったよ、三年前に。病気が見つかった時には手遅れだったんだ」

「……そんな」

どこかで元気にしていると勝手に思っていた。しかし私がそう思いたかっただけだった。いわれのない罪で傷つき、大切にしていた仕事も奪われた。おそらく心労も相当なものだったに違いない。直接の要因ではないにしても、健康に影響を与えただろう。

「君がそんな顔をしなくてもいい。最後まで料理人としてアメリカでも活躍していた。いい人生だったって本人も言ってたし。で、俺はその後、母方の祖父の作った会社を継ぐことになったんだ。だから今は赤城の姓を名乗っている」

これまで彼ら親子がどうしていたのかを聞いている間にスタッフが注文の品を持ってきた。スマートな身のこなしに、プロの仕事だと感心する。相手の様子をうかがいながら行動することの難しさを、私は二十歳を越えるまで知らなかったから。

「ありがとうございます」

自然と口から感謝の言葉が出る。

「ごゆっくりお過ごしください」

一礼をしたスタッフが個室から出ていくと、また彼とふたりきりになる。

ふと彼に視線を移すと、ジッとこちらを見つめて少し驚いた様子だった。

「どうかしましたか？」

不思議に思って尋ねると彼は顔をほころばせた。

「いや、以前の柚花と同じ人物だとは思えなくて」

彼の言葉に、昔の自分がたしなめられているような気がして恥ずかしくなってしまう。しかし否定はできない。彼の言う通り、過去の私は誰かがなにかを自分のためにしてくれることを当たり前だと思っていたからだ。

「昔は世間知らずだったって自覚はあります」

「なるほど……な」

彼の短い返事の中に、含みがあるような気がしてしまう。初対面の相手ならこういうことにも気が付かずに済んだのに。

おそらく彼は、今の私が置かれている状況を把握しているのだろう。でもあえてあけすけに言わないのは優しさに違いない。

昔と変わらないんだ……。

五年半も経った今も、彼の根底にあるものは変わっていないように思う。見かけだって……いや、ますますカッコよくなった。

一方で私はいろいろと身軽になってしまった。決して今の自分を卑下するわけではないが、音羽の名前をもってしても彼に釣り合うとは到底思えない。

あの頃より成長したのは、身のほどをわきまえられるってことくらいかしら。

なにもできなかった私が、今は母を支えて生活できているのだから、当時と比べるとしっかりしているはずだ。

しかしそれは赤城クリエイティブの御曹司である彼の結婚相手には必要のないものだ。それよりももっと、会社同士の繋がりや損得を考えるべきだろう。

どうして私とお見合いしようだなんて思ったの？

過去の別れ際を思い出し、胃のあたりが重くなった。もう二度と関わらないつもりで悲しい選択をしたのに。

彼の意図が掴めずに困惑する。ぐるぐるといろいろなことが頭の中を駆け巡る。

私も彼も口を開かずに時間が過ぎていく。口をつけていないアイスティーの氷が溶け、グラスの外側には水滴がついていた。

「柚花」

ハッとして、視線をグラスから彼に移す。

「今、なにを考えていた」

過去のことだとは言えずに、お見合いについての疑問だけを口にする。

「なぜ赤城さんはこのお見合いを希望なさったのですか？」

彼に視線を向けると、目をわずかに細めてこちらを見ていた。なにか気に入らないことがあったのか不機嫌になったのがわかる。

「あの……私、なにか失礼を？」

「失礼っていうより、他人行儀だなって。その敬語やめてもらえない？」

〝他人行儀もなにも他人ですから〟

そう言いたい気持ちを我慢して、失礼のないように答えた。

「お見合い相手に敬語を使うのは当然のことです。本来なら赤城クリエイティブの社長のお相手を私がするのもおこがましいことですので」

彼の眉間のしわがどんどん深くなっていく。どうやら私の言葉に納得できないようだ。

「気に入らないな」

視線を外してひと言呟いた後、私の目を見た。

「昔俺が〝音羽のお嬢さま〟に敬語を使ったら、ひどく嫌がられた。普通に接してほしいって何度も何度も。しまいにはひどくすねはじめて、手に負えなくなった」

「待って、それって中学生の時の話……ですよね」

確かに彼と出会ったばかりの頃、彼が敬語を使うたびにやめてほしいと頼んだ。出会ってすぐに彼に好意を抱いた私は、敬語でできる距離感がどうしても我慢できなかったのだ。

「だとしても不公平だろう。君が言い出したことだ。それなのに立場が逆転したらそれを覆すのは、都合がよすぎないか？」

中学生だった頃の私の言葉と大人になった今とでは、その重みが違うはずだ。彼が言っていることは詭弁としか言いようがない。

「だから俺は敬語を拒否する。わかったな、柚花」

「でも、困ります」

昔とは違い、気軽に話をするような関係ではないのだ。しかし私の言葉に彼は視線すら合わせようとしない。

「あの……赤城さん」

名前を呼んでみても、無反応を貫いている。

聞こえているはずなのに、わざとそのような態度を取る彼に少々あきれた。

そう……昔も彼はこういうところがあった。

こうなってしまったら、彼の言う通りにしなければ話が一向に進まない。彼は言い出したら聞かないのだ。

「公士くん」

負けを認めた私が、しぶしぶ彼の名前を呼ぶ。するとこちらを見て視線で「なんだ？」と聞いてきた。勝ち誇ったような妙にうれしそうな表情だ。

そのわかりやすさに、思わず笑いそうになったけれどぐっと我慢した。

距離を取らなくてはいけないのに、馴れ馴れしくするのはよくないわ。敬語は封印するとしても、彼とは一定の距離感で接しなくては。

「話が進まなくなるので、とりあえず敬語は使わないけど……。どうして私なんかとお見合いを望んだの？　自分で言うのもあれだけど、今の私では公士くんにも、赤城家にもなんらメリットがないのに」

単刀直入に疑問をぶつけた。早くこの場を離れたいからだ。

彼の様子をうかがっていると、彼は私に向けていた形のいい目をわずかに細めた。おもしろがっているように見える。

「理由なんて必要か?　でも強いて言うなら——」

なにも言わずに彼の言葉を待つ。それまでどこか楽しんでいるような表情だったのに、急に真剣な顔つきになった彼を見て、思わず息を呑んだ。

「音羽家にさんざん振り回されたことに対する復讐だと言ったら……どうする?」

復讐……。

その言葉が私に与えたダメージは絶大で衝撃が体を駆け抜けた。ショックを受けた私だったが、数秒後にはその理由に納得してしまった。

彼らの人生を狂わせてしまったのだ、彼がそういう気持ちになっても仕方のないことだ。

「そう……なんだ」

衝撃に耐えて、なんとか口を開く。

「あなたや黒岩のおじさまに迷惑をかけ、苦しめたことは心から申し訳ないと思っているわ。ごめんなさい」

「そう思うなら——」

しかし私は自分の言葉を押し切るために、彼の言葉を遮った。

「でも私と結婚したからって復讐になるの？　逆にあなたに迷惑がかかるわ。今の私はなにも持っていないもの」

過去に叔父に引き離された私たち。あの時の想いを遂げることで、邪魔をした叔父や逃げてしまった私に対する復讐になると考えているのかもしれない。

でも実際は、私と結婚すればデメリットしかない。あの叔父が赤城家に関わることになるのだ。また周囲を巻き込み、不幸をばらまく。そのうえ昔の音羽家のお嬢様という立場ならともかく今の彼と私では釣り合わない。

「復讐としては、この方法じゃあまり意味がないと思うわ」

「そうか？　俺は音羽篤史から彼が不当に手に入れたものを奪い返すつもりだ。どうしてもあいつに復讐したい。柚花にはそれを手伝ってほしい」

「わざわざ結婚しなくたって、他の方法があるじゃない」

強い意志を持って彼を見る。

彼は私の方をジッと見ていたが、わずかに視線を外して言った。

「柚花はこの五年半の間、俺を思い出すことはなかったのか？」

ここで素直に「一日だって忘れたことなんてない」と言えばどうなるだろうか。

そんなことを考えたのち、口を開いた。

「一度もなかった。それよりも私、この後用事があるの」

それは嘘ではない。居酒屋のバイトを夕方から深夜まで入れているのだ。お見合いの日にまで、と思ったけれどここから一刻も早く逃げ出したい今の私にとっては助け船だ。

「俺と話をするよりも大事な予定？」

このお見合いが成立しないのは確実なので、少しでも働きたい。今の私には大切なことだ。

だけどそんなこと伝えたところで、なんになる？

もう……会うことはないんだから。

彼の質問には答えずに、このお見合いを終わらせる方向に持っていく。

「私は公士くんとは結婚できない。だからあなたから断って」

「どうして？」

間髪を容れずに聞かれて戸惑う。

「それは……私からは断れないから」

叔父のさっきの態度を考えると、私から断るなんて絶対に許されない。

「俺が聞きたいのは、そこじゃない。どうして俺と結婚できないんだ？」

どうしてって……むしろどうして結婚できると思っているのか知りたい。彼の目的が復讐だというならなおさらだ。もし私と彼が結婚したとしても、叔父にダメージはなく、むしろ彼の方が面倒を抱え込むことになるだろう。

「もう音羽家に関わらないほうがいいわ。それに、今の私では、あなたの隣には立てないから」

私はそれだけ言うと、席を立つ。

「待て、話はまだ終わってない」

彼が私を引き留めた。しかし私は振り返らずに個室の扉を開け、廊下を通ってそのままレストランの外に出る。

彼が追ってきている気配はなく、ホッとした。

お見合い相手にする態度でないことは私にだってわかっている。しかしあの場にい続けるには、私の心が限界だった。

エレベーターに乗り大きく息を吐く。だんだん地上に近付くにつれて、少しずつ衝撃がやわらいできた。

叔父の期待には沿えないが仕方ない。これがただの政略結婚なら叔父の言う通りにしていたであろう。しかし相手が公士くんとなれば話は別だ。

彼には幸せになってほしいの。

そのために私と結婚なんかしちゃいけない。

彼が復讐を望むというなら、私との結婚以外は甘んじて受け入れる。むしろそうして彼の気が晴れるならその方がいい。

でも結婚だけは絶対にダメ。これ以上彼を不幸にしたくない。

五年半前、彼との未来を何度も想像した。そしてそれが近い将来かなうものだと信じて疑わなかった。

しかし今、私たちの道は分かれている。その道は決して交わらないものだ。

唯一、今日のお見合いをしてよかったことは、立派になった彼に直接会えたことだ。

私たち家族のせいで、しなくていい苦労をたくさんした。そんな彼には私と関わりのないところで幸せになってほしい。心からそう思った。

翌朝。私はスマートフォンの呼び出し音で目が覚めた。

昨夜は心も体も疲れていて、あれこれ考えているうちに眠りに落ちたようだ。

画面に表示されている着信相手を見て、自然とため息が漏れた。

叔父さま……こんな朝から。

用件はわかっている。だからこそため息が漏れたのだ。通話ボタンを押すと、すぐに怒鳴り声が聞こえてきた。

《遅い！》

わりといつものことだが、起き抜けにはこたえた。

しかし相手はそんなことお構いなしだ。

《なぜ、昨日電話に出なかった！》

あぁ、そうだった。アルバイト終わりに電話に気が付いたが、時間も遅く折り返しをためらった。その上疲れ切っていたので、叔父と対峙する元気がなかったのだ。

先日は母の入院で急に休むことになり、アルバイト先に迷惑をかけてしまった。そのぶん勤務中は他の人の嫌がる仕事を率先してやり、残業も引き受けた。結果、終電ギリギリまで働いて体は疲れていたし、その後もお見合いのことや母のことをあれこれ考えてしまい、電話する気力もなかったのだ。

しかしそうであっても叔父の性格を考えるならば、着信だけでも残しておくべきだった。今さら後悔しても遅い。

「ごめんなさい。とても疲れていて連絡できなかったの」

いろいろ言い訳するよりも、素直に謝った方が早い。

《どんな状況であれ、私の電話を無視するな。わかったか》

「はい」

叔父は私の行動をある程度は把握しているはずだ。報告しなくてもこちらの情報を知っている。定期的に私たち親子のことを調べているのだろう。叔父の音羽家を支配したいという執念は恐ろしいほど強い。父が生きていた時の恨みをまだ忘れていないのだ。

父亡き後、私と母を音羽の家から追い出した叔父は、おそらく世間知らずの私たちがすぐに音をあげて泣きついてくると思っていたに違いない。

しかし、いつまでも助けを求めない私たちに叔父は不快感をつのらせていた一方で、周囲には理解のある後見人として振る舞った。そしてなにかあるたびに監視を強め私たちに説明を求めた。

それでも完全に言いなりにはならずに、ここまでやってきた。

だからアルバイト中に電話に出られないことなどわかり切っているはずなのに。

《昨日の話だが》

さっそく本題に入ってくれてホッとする。早くこの電話を終わらせて軽く家事をした後、母の見舞いに行きたい。
《先方からはこの話を進めてほしいと言われた。柚花、やればできるじゃないか》
「えっ？」
想像していたのと正反対のことを言われて、思わず声が出た。どうしてそんな話になっているんだろうか。もしかして叔父が都合のいい嘘をついているのではないかとすら思う。
「なにかの間違いではないですか？　昨日のお見合いはお断りされるはずですが」
確かに公士くんに頼んだ。
《どういうことだ。先方はものすごく乗り気だぞ》
「そんなはずはないです。私、はっきりと結婚はできないって断ったのに」
《なんだと？》
しまった。頭がごちゃごちゃしていて余計なことを口走ってしまった。
《まさか、お前自分から断ったのか？　お前ごときが断れる立場じゃないのはわかるだろう！》
「でも……叔父さまだってわかるでしょう。どうしてもあの人だけは無理なの」
昔の出来事を叔父も知っているはずだ。いや、むしろ彼自身が中心人物だ。

《なぜだ。あんな条件のそろったイケメン、お前の人生にこれまで一度だって登場していないだろう？》

「叔父さま……なに言って……」

まさか──相手が誰だかわかっていないの？

私は衝撃の事実に愕然とした。思い返してみれば、お見合いの時、公士くんに対してとても愛想がよかった。あんなひどいことをした相手に対する態度ではない。

お見合い相手が公士くんであることに囚われすぎていて、私は叔父の態度がおかしいことに気が付かなかった。

よく考えてみれば、叔父は直接公士くんに会ったことがない可能性が高い。赤城公士と黒岩公士が結びついていないのだろう。

そして今さらながら、怒りが込み上げてきた。

あんな残酷なことをしたのに、彼のことがわからないなんて。

当時の公士くんは、叔父が音羽家を乗っ取るためのただの道具にすぎなかったのだとわかって、許せない気持ちでいっぱいになる。彼を遠ざけることで、叔父は私を支配できると思っていたのだ。

でもそうなるとひとつ疑問が浮かんでくる。どうして公士くんは、なにも言わなかったんだろう。

叔父が気が付いていなくても、話を持ちかけた彼は叔父に言うこともできたはずなのに。

もしかしてわかっていて、黙っていたの？　なにもわかっていない叔父を滑稽だと笑っていたのだろうか。

ここまできてやっと彼の言った〝復讐〟という言葉が現実味を帯びた。

今日まで彼の言葉をどこかぼんやりと捉えていたように思う。なぜなら私の知っている彼は、そんなことをするような人ではないから。

でも私たち家族に関わったせいで、彼はしなくていい苦労をした。私の知っている彼と違っていても当たり前だ。今の彼についてなにも知らないのだから。

私たちは彼に恨まれても仕方がないことをしたんだもの。

この結婚話は、五年半前に彼と彼のお父さまを不幸に陥れた叔父への復讐なのだ。

なにも知らない叔父は事実を知ればさぞかし悔しがるだろう。

今の公士くんは、音羽フーズなんて足元にも及ばない赤城クリエイティブの社長だ。

結婚話をある程度進めて、叔父を有頂天にさせてから断るつもりなのかもしれない。

がっかりする叔父……それだけならいいけれど、赤城からの援助を期待して事業を行っていたら、音羽フーズはどうなってしまうのだろうか。

考えれば考えるほど、どんどん不安になっていく。

彼を傷つけたのだから復讐に利用されても仕方ないと思う。その一方で父の作った大切な会社を守るためにこれまで不満に思っても我慢してきたことが、すべて水の泡になってしまうと思うとやるせない。

《柚花、聞いているのか？》

「はい」

今、叔父に昨日のお見合いの相手が誰だったのか教えた方がいいだろうか。

《とにかく、絶対にあの赤城の小僧と結婚するんだ。わかったな》

私が返事をする間もなく、ぷつっと電話が切れた。公士くんについて話をする暇すらなかった。

「はぁ、もう」

私はベッドにスマートフォンを投げ出すと、ジッと天井を見つめた。

どうしたらいいの。

考えたところですぐに答えが出るはずなんてない。この五年半の間、自分で考えて自分の意志でやってきた。行動力もついたし、強くなったと思っていた。

でも本当のピンチになったら、身動きが取れずにいる。今まで頑張ってきたのは、いったいなんだったんだろう。全部ひとりよがりだったのだろうか。

悩んでいてもなにも始まらない。壁にかかっている時計を見て私はベッドから起き上がった。

こうやって切り替えができるようになったのだって、十分成長した証だ。

なんとか自分を奮い立たせて前を向く。

大丈夫、これまでどうにかやってきたもの。平気よ。

両手で自分の頬をパンッとたたいて動き出した。

第四章　抱き枕になる夜

公士くんと再会して一週間。慌ただしく過ごす日々だったが、目下の悩みはもちろんお見合いについてだ。

母の病気のこともあり、相手が誰であっても叔父の言う相手と結婚するしかないと思っていた。ずっとお見合い話は断ってきたが、母が安心して暮らすためなら仕方がないと思えた。

だけど……公士くんだけはダメだ。

私なんかじゃなくて、彼の隣にはもっと素敵な人が似合う。以前はそれが自分だと素直に思えていたが、今となってはその立場にないと理解している。

黒岩のおじさまと公士くんは、音羽家のいざこざに巻き込まれる形で大切なものを手放した。それなのに母の容態が悪いからといって、彼を都合よく利用するなんて私にはできない。彼は音羽家に関わらない方がいいのだ。

二度と彼の人生に傷をつけたくない。

だからそれを叔父と公士くんにわかってもらいたいのだけれど、ふたりとも結婚になぜか乗り気だ。

　叔父の考えていることはわかりやすい。経営難に陥っている音羽フーズをどうにか持ち直すために、赤城家との繋がりが欲しいのだろう。

わからないのは公士くんだ。なぜ彼が私との結婚を望んでいるのか。

叔父に復讐をしたい。彼の言った理由はもっともだと思うが、そうだとしても結婚する必要はない。だから他にもなにか考えがあるのではないかと疑ってしまう。

本心がわからない今、どうやって彼に結婚をあきらめてもらえばいいのだろうか。

次々に浮かぶ〝なぜ〟や〝どうして〟を解決できないままだが、生きていくためには働かなくてはいけない。

家事や母のお見舞いを済ませて日曜の今日も居酒屋のバイトに向かう。

団体客が多く、人であふれ返っていた。レジの前には空席を待つ人も絶えずいて目の回るような忙しさだ。

ラストオーダーまであと一時間という時。ひとりの男性が席に案内された。

いつも通り、オーダーを聞くためにおしぼりを持って席に向かおうとした。

「待って音羽さん、私が行く！　だって超イケメンじゃん」

大学生アルバイトの子がいそいそと、男性のもとに向かう。そんな風に言われると、普段はとくにお客さまがどんな人なのか気にしない私でも興味が出てきて視線を送る。残念なことに背中しか見えないが、確かにカッコよさそうな雰囲気がある。おそらく身に着けているのはオーダースーツで、靴もよく磨かれている。店に悪いが、ここのお客様としては珍しいタイプの人だ。もっと高級店が似合いそう。

にこやかな笑みを浮かべてオーダーを取りに行った子が、くるっと踵を返して戻ってきた。そこに先ほどの笑顔はなく、きつい目でこちらをジッとにらんでいる。

え、私？

理由がわからなくて戸惑うが、その敵意は間違いなく私に向けらえている。目の前まで来た彼女は、私をにらんだまま棘のある声を出した。

「あちらのお客様、音羽さんがいいんだって」

「え、どうしてですか？」

「知らなーい。もう、せっかくオーダー取りに行ったのに！」

私の態度が彼女をさらにイライラさせたらしく、ますます機嫌が悪くなった。私は急かされるままわけもわからず男性客のもとに向かう。

「お待たせしました。ご注文を――」

途中で言葉に詰まったのは、相手の顔を見たから。

「ど、どうしてここにいるの？」

公士くんが決して座り心地のよいとはいえない硬い椅子に、長い脚を持て余しながら座っている。

「自分の結婚相手の職場を見ておきたいと思っただけだ」

さも当たり前のように言われたけれど、私は彼との結婚は断ったはずだ。きょろきょろと周りの様子をうかがっている彼の前に立ち、私はその視線を遮った。

「私はお断りしたはずです」

「君の叔父さんは随分乗り気だったけど」

「それは……」

実際にかなり浮かれていた。このお見合いがうまくいくと思っているのだろう。だからといって私の気持ちは変わらない。

「断れる立場にないことはわかっているはずだ」

それを言われてしまうと言い返せない。私の立場が一番弱いのだから。はぁとため息をひとつつくと同時に、先ほどのアルバイトの子の視線がこちらに向いているのに気が付いた。いつまでもここで話を続けるわけにはいかない。

これ以上言い争うのをやめた。今は仕事中なのだ。

「ご注文をどうぞ」

そっけなく言い、これ以上なにも話をするつもりはないと態度で示す。

公士くんも無理に私を引き留めるつもりはないらしく、おとなしく注文を済ませてくれた。

その後も仕事の邪魔をするようなことはなかったので、私は淡々と仕事をこなす。

途中でさっきのアルバイトの子にどんな話をしたのか聞かれたが、あいまいに微笑むだけにとどめた。しかしそれが気に入らなかったのか、かわいらしい顔をゆがませてこちらをにらみ、勢いよく肩をぶつけて厨房へと消えていった。

はぁ……だって話の内容なんて伝えるわけにはいかないじゃないの。どうしたらよかったの？

ため息をつきながら、洗い上がったお皿を所定の位置に戻していると、別のスタッフからトレイと台拭きをぐっと押しつけられた。それも無言で。

私は黙ったまま受け取るとフロアを見回す。もうすぐ席が空きそうなところがあった。そこの片付けに行ってほしいということだろう。

本来の私の担当ではないけれど、この忙しい中そんなことを言ってはいられない。たとえその担当スタッフが楽しそうに雑談に花を咲かせていてもだ。

むしろ私にとっては働いている方がすぐに時間が過ぎるし、ありがたい。

黙々と作業をする。綺麗になったテーブルを見ると小さな達成感を得られた。

「すみませーん」

「はーい」

呼ばれてすぐにお客さまのもとに向かう。追加の注文を受け、またすぐにフロアに目を向ける。

「ねぇ、ここお願いできる？　その後トイレのチェックもいい？」

「はい。わかりました」

さらに別のスタッフにそう頼まれ、床に落ちている水滴を拭き取る。その後トイレに向かっているとスタッフ同士が会話しているのが聞こえた。

「今日は雑用係がいるから、楽できていいよね」

「そうそう。なに頼んでも断らないのよね」

「なんかお金に困ってるんだって。だからクビにされたら困るって。男かな？」

「まさかぁ」

くすくすと楽しそうに笑っているのに気が付かないふりをして通り過ぎた。

人になにを言われようと、正しいと思っていることをするだけ。だけど……やっぱり心は傷つく。

うつむきがちになりながら、そのままトイレの掃除に向かった。

きっと今の私を見たら、結婚相手にはふさわしくないと彼も気が付くはず。

とりあえず……何事もなく仕事が終わりますように。

しかし私の願いもむなしく、事件が起きてしまった。

客席でのことだ。酔った男性客に手を掴まれて、その場を離れられなくなったのだ。

学生なのか、家はどこか、彼氏がいるのか？　質問を次々と投げかけられる。

この仕事をしていると時々こういったことがある。その都度、なんとか理由をつけてその場を離れるのだが、今日はしつこくされて逃げられない状態だ。

その上、体をべたべたと触られた。やんわりと逃げてみるもののエスカレートしていく。他のスタッフも気が付いているだろうけれど見て見ぬふり。

ついにどうしようもなくなって、強めに拒否する。

「こういった行為は困ります。他のお客さまのご迷惑にもなりますので」

「なんだと、客に逆らうのか！」

丁寧に伝えたつもりだが、相手に誠意は伝わらなかったようだ。怒鳴り声がフロアに響き、皆の注目が集まる。

酔っているせいか相手の声は大きく、こちらの言葉も届いていない。

「お、お客さま。あの――」

「うるさい」

とうとう逆上した相手が立ち上がり、ビールの入ったジョッキを手に持った。ビールをかけられると思った私は、身を縮めて目をギュッとつむり、衝撃に備えた。

パシャという水しぶきの音が聞こえたが、私は一切濡れていない。目を開くと床にビールがこぼれ、ジョッキが転がっているのが見えた。

「い、痛い。離せ！」

ハッとしてお客さまの方を見ると、苦悶の表情を浮かべている。そしてその理由が――。

「こ、公士くんっ」

彼が男性客の腕を掴んで捻り上げ、机に押しつけていた。

周りの人たちも、なにが起こったのかとこちらに注目している。

どうしよう……。

事が大きくなり、どうするべきなのかわからず、おろおろと状況を見守ることしかできない。

「先ほどから目に余る行為だ。客だからといって立場が上だと誤解してないか?」

彼は一切手を緩めることなく、冷静に男性に意見する。

「なんだお前。カッコつけやがって、離せっ!」

なおも虚勢を張る男性は、体を左右に揺すって拘束から逃れようとしている。そこで彼がパッと手を離したので、男性はその場に勢いよく倒れ込んだ。

ガシャンとテーブルにぶつかる音がして周囲から悲鳴があがる。

その様子を彼が冷たい目で見下ろす。

「あなたも酔って女性に絡むなんてしてないで、少しはカッコつけたらどうですか?」

「なんだと!」

公士くんの言葉に、男性が立ち上がりこぶしを振り上げた。しかしそのこぶしを彼はいとも簡単に封じてしまう。

男性は掴まれた手を振り下ろそうとしているが、力では公士くんにかなわないようだ。

「離せ、離せよ」

男性の言葉通りに、彼が手を離すと男性はその場でたたらを踏んだ。すると先ほどこぼしたビールに足を滑らせて、またもやテーブルに激しくぶつかった。

それを見ていた周囲の人が、くすくすと笑う。

みるみる男性の顔が赤くなっていく。いたたまれなくなったのかその場に立ち上がった男性はテーブルにお金をたたきつけて、店を出ていった。

「公士くん、大丈夫?」

男性が去った後、私は公士くんがどこかケガをしてないか確認する。

その頃になって騒ぎを聞きつけた店長がやってきた。

「すみません、うちのバイトが迷惑をかけました」

店長は、なにがあったのかも聞かずに私の頭を押さえつけて謝罪させた。確かにお客さまに迷惑をかけたのだから謝らなくてはいけない。

「やめてください。謝るのは彼女ではなく、責任者であるあなたでしょう。なぜ部下が困っているのに最後まで出てこなかったんですか? 他の従業員も見ていたのに誰も助けに来ない。いったいどうなっているんだ」

公士くんは冷静に問題点を指摘する。店長はそのまま黙って彼の話を聞いていた。

その様子を見た彼はあきれたようにため息をついた。

「酒を飲んでスタッフに暴言を吐き手を上げる輩も、それを注意しない店も大問題だ」

威厳のあるたたずまい。普段から人の上に立っているであろう彼に、店長はなにも言えずにおろおろしているだけだ。

「今日限りで音羽柚花はこの店を辞めます。こんなところで彼女を働かせられない」

「えっ」

それまで黙って話を聞いていたが、驚きで声が漏れた。このままでは公士くんの言う通りに仕事を辞めさせられてしまう。

「勝手なことを言わないで。店長この人の言っていることは冗談ですから。ここで働かせてください」

ここで職を失うわけにはいかない。せっかく頑張って覚えた仕事だ。しっかりと頭を下げ、店長の沙汰を待つ。

「いやもう来なくていいから。荷物をまとめて」

私は頭を下げたまま、非情なセリフを聞いた。顔を上げたが店長はすでにこちらを見てもいなかった。

「今までよりも頑張ります。シフトも増やしますし、時間も――」

「今日までの給料は口座に振り込むから。お疲れさまでした」

一度も振り返ることなく、奥に消えていく。

悔しくて涙がにじみそうになったが、みんなが見ている中で泣きたくないというプライドでなんとか耐えた。

「柚花」

茫然としている私の顔を、公士くんが気遣うように覗き込んできた。しかし逆にその優しさがつらい。私は彼を無視してロッカーに向かった。

誰よりもこんな姿を公士くんに見られたくなかった。肩を落として誰もいないロッカーで荷物をまとめて、最後に事務所でタイムカードを押す。

「お世話になりました」

事務所に向かって声をかけたが、誰からも返事はなかった。三年も勤めたのにという思いもあるけれど、周囲と馴染めずにたびたび欠勤を繰り返す私は、みんなのお荷物だったのだろう。

悲しい気持ちはあるけれど仕方がない。小さくため息をついて従業員用の裏口から外に出て駅に向かう。

一生懸命やったところで、報われるわけではない。これもこの五年半で学んだことだ。自分ではどうしようもないことが、世の中にはたくさんある。子どもの頃なんでも好きにやってきてうまくいっていたのは、周囲の支えがあってのことだった。

はぁ。次のアルバイト先を探さないと。

母を支えるためにはどうしてもお金が必要だ。施設はあきらめるにしても、今後のことを考えれば昼の派遣の仕事だけでは心もとない。

ため息をこぼしてとぼとぼと歩いて駅に到着した。その先にいる人物を見つけて、なんとも言えない苦い思いが込み上げてきた。

おそらく私を待っているのだろう。そうでなければ公士くんがこんなところにいるはずがないから。

でも今彼に会ってしまうと、この行き場のない感情を彼にぶつけてしまいそうだ。

私は彼に見つからないようにして、声をかけることなく歩き出す。

しかし彼は私に気が付いたようで、すぐに近付いてきた。

「柚花、無視するな」

長い脚で前に回り込まれて、その場に足止めされた。左右によけても彼がその都度目の前に立ちはだかり前に進めない。

逃げようとしても無理だ。私はあきらめてその場で足を止めた。

「ちゃんと辞められたのか」

正確には〝辞められた〟ではなく〝辞めさせられた〟のだけれど、私はそのまま頷いた。

「どうしてあんなことしたの？　おかげでクビになったじゃない」

本来なら助けてくれた彼にお礼を言うべきだ。しかし頭に血が上って、最初からけんか腰の物言いになってしまう。

「俺と結婚するんだから、遅くまで身を粉にして働く必要はないだろ」

「私は承諾していないわ」

「時間の問題だ」

そうなると決めてかかっている彼に、これ以上言い返したところで意味がない。

もしかしたら彼としてはこれも作戦のひとつで、私を追いつめて彼との結婚を選ぶ以外の選択肢をなくしてしまうつもりなのかもしれない。

なにがなんでも自分の思い通りに進めようとしているのかとがっかりしたが、それが間違いなのだとすぐにわかった。

「自分の尊厳をすり減らすような仕事の仕方をするべきじゃない。店側が守るなら俺も口出ししなかったさ」

公士くんの言葉からも表情からも私を心配しているのが伝わってくる。こんな風に優しくされると頭が混乱してしまう。ほだされたら負けだと思う半面、心のどこかでまだ私に向けられる彼の優しさに期待している。

こんなことではダメだ。彼とは結婚はしない。五年半前の私の決心が無駄になってしまう。そう自分に言い聞かせる。

あえてきつい表情をして、もう一度彼の顔を見る。

「あなたが口出しする権利なんてないじゃない」

「結婚相手を守るのは当たり前だろう」

「だから私は……はぁ、もう」

このやり取り、何度すればいいの？

髪をかき上げながら、ため息をついてしまう。

「俺が君にどう思われようが関係ない。俺は柚花にしたいことをする」

聞きようによっては善意の押し売りに聞こえるかもしれない。しかしこれまで彼の行動は一貫して私のことを思ってのものなのだと思うと無下にできない。

強い決意のにじむ視線に射貫かれて、どう答えたらいいのかわからない。

「五年半前、柚花は俺では音羽フーズを守れないと言って俺を振った。今の俺なら造作もないことだ」

「それは……」

「柚花が今結婚をしてないということは、これまで君の目の前に音羽フーズや君を守れる人が現れなかったってことだろう？　俺であれば君の求める条件にぴったりなのになぜ断る必要がある？」

あの頃の言葉を持ち出され、今さら方便だったなんて言えない。

彼はきっと私が今も結婚せず、つつましやかな生活を送っていることで、あの言葉がでまかせだったということがわかっているはず。

わかったうえで、私に逃げられないようにするために言っているのだ。

「素直に受け入れて、守られていればいい」

そうできればどれほどいいだろうか。すべての心の内を告げて彼の胸に飛び込みたい。でもできない。音羽家の事情に巻き込みたくないし、今の私は彼とは釣り合わないのだから、それをしてもらう立場にない。

「復讐する人が言うセリフだとは思えないわ」

「どうだろうな。別に柚花が復讐相手ではないからな」

だからってどうして結婚にこだわるの？　過去に蔑ろにされた私への執着？

彼が考えていることが、本当に理解できない。

「それとも怖いのか？　昔、手ひどく捨てた相手に従うのが」

ジッと見つめられて動けない。怒り？　悲しみ？　感情が読み取れずに固まる。

過去に彼を傷つけたのは事実だ。必死になって私を救おうとしてくれていた彼の手を振り払った。彼だって苦しんだはずだ。あの時はああするしか手段がなかったのだけれど、原因はすべて私にある。

そう思うと自然と謝罪の言葉が口をついて出た。

「昔あなたを傷つけたことは謝る。我が家の事情に巻き込んでしまってごめんなさい。でも今の私を見ればわかるでしょう。前にも言ったけど私ではあなたの隣に立てないの」

本当は言いたくなかった。事実だけれど自分で口にしたくはなかった。でも結婚はできないということをちゃんと彼に納得してもらわなければならない。

私では彼を幸せにできない。仮に復讐のために結婚したとして、一時的には溜飲が下がり気持ちが満たされるだろう。しかし心から幸せになれるはずなどないのだから。

そうでなくとも叔父がまた彼に迷惑をかけてしまうかもしれない。一度目だって彼を守るためとはいえ、傷つけてしまった。

二度と彼にそんな思いをさせたくない。

「どうしてそこまで自分に厳しいんだ？　今の柚花は立派に自分の足で立っているじゃないか。それなのになぜ自己評価が低い？　俺にはすごく魅力的に見えるけど」

今の私が？　信じられない。驚きで言葉がうまく出ず、口をわずかに開いたり閉じたりした。

「そんなに俺の言葉が信用できない？　もちろん今のままの柚花でも問題ない。でももし君自身が納得できないなら、今よりもっと胸を張れるような自分になればいい。そう、俺の隣で。ずっと見ているから」

彼の言葉が胸に響いて、じわりと涙がにじむ。強くならなくてはいけないと、自分ひとりで虚勢を張り、孤独で頑なな心がほどけていく。

父が亡くなって音羽フーズと距離ができ、母以外誰も私を認めてくれなくなった。なにも持たない、なにもできない私。それまでの自分は、音羽の名に守られていただけだった。

でも久しぶりに会った彼だけが、今の私を見てもがっかりせずにいてくれる。

どうして私の心を揺さぶるのは、いつも公士くんなの？

忘れたい、忘れなきゃいけない。昔には戻れないんだから。

ずっとそう考えていたのに、再び目の前に現れた彼は、今もやっぱり私の欲しい言葉を一番にくれる人だ。

どうして嫌いにならせてくれないの？

復讐のために自分を利用しようとしている相手なのに、こんなにも心が揺さぶられてしまう。

一度彼に頼ったら、もうひとりで頑張り続けることはできなくなってしまう。守られることを知ってしまったら元に戻るのは大変だ。

でも今の八方塞がりの状況から抜け出すには、彼に頼るしかない。彼が〝叔父への復讐〟としてこの結婚を望むのなら受けれてもいいのかもしれない。

一瞬そんな考えが頭をよぎった。

利用されるとわかって彼と結婚して、その後私は報われない気持ちを抱えて生きていけるのだろうか。復讐だと割り切るつもりでも、彼の近くにいたら私の彼に対する気持ちはどんどん大きくなっていくだろう。

復讐のために結婚した相手に、そんな気持ちを向けられたら彼にとっては迷惑だ。

そしてもし離婚したら彼の経歴に傷がつく。

そう考えると、この結婚は彼にとってデメリットが多すぎる。母もきっとこんな形の結婚は反対するだろう。

「その必要はないわ。私はあなたと結婚しない。先日お断りしたときと気持ちは変わらない。ねぇ、お願いわかって」

彼の人生を狂わせる怖さを忘れていないから。叔父の目的が赤城家との繋がりが欲しいだけなのか、それとも裏でほかに画策しているのか。それがわからないから余計に彼と関わってはいけないと思うのだ。

はっきりと結婚しないと宣言したにもかかわらず、なぜだか彼はうれしそうだ。

「どうして笑っているの？」

「いや難攻不落の姫だなって思って。あわよくば今日結婚をＯＫしてほしかったけど、まぁ仕方ない。俺はあきらめるつもりはないから」

あれほどきっぱりと断ったのに、あきれてものが言えない。

彼は私の様子に気が付いているのに、そのまま話し続ける。

「考えたって仕方がないだろう。どうあがいたって柚花は俺と結婚するんだから。そろそろ観念したら？　俺は必ず君を妻にする」

私の恋心を見透かされているような気がして悔しい。復讐に利用すると言われているのに、彼に結婚を申し込まれて迷ったのも事実だ。

「今日はもう遅いから送っていく。仕事の後で疲れているだろうし。結婚の話については、近いうちにまた話し合おう」

「もう一度言うけど、結婚はしませんから」

「わかった、わかった」

そう言いながらきっと彼はわかっていない。今はとりあえず私をなだめたいだけだろう。

すぐにタクシーを拾い、ふたりで乗り込んだ。隣にいる彼から感じるのは、昔と同じ安心感。不思議だと思う、つい先ほどまで強く拒否していたはずなのに。

考えても仕方のないことが、頭の中に浮かんでくる。流れていく景色を眺めながら、意識はずっと隣にいる公士くんに向けられていた。


薄いカーテンから朝日が差し込む。夜が明けるのがだんだん早くなってきた。

昔から目覚めはいい方だ。大きく伸びをして深呼吸をする。

自分の置かれている環境がものすごいスピードで変わっていっている。公士くんと再会し、アルバイトを辞めて……まさか派遣先まで変わることになるなんて。

公士くんがアルバイト先の居酒屋に来てから、一週間ほど経っていた。今日は翌日から働くことになっている新しい勤務先に、派遣会社の担当の人と一緒に面談に向かう予定だ。

居酒屋をクビになった翌日、派遣会社の担当の人から連絡があった。別の職場に移ってほしいという依頼だ。

よっぽどのことがない限り、派遣会社の指示に従うことになっている。以前も社内の別の店舗への異動があったので今回もそうだと思っていた。

駅前の喫茶店で派遣会社の担当の人と合流し、次の派遣先の資料をそこで初めて渡された。

「え、待ってください。赤城クリエイティブって本当ですか？」

ちゃんと詳細を確認していなかった私は驚いた。せめてどこに派遣されるかくらいは知っておくべきだった。目の前のことに追われて確認を怠る癖をなんとか直したい。

「そうなんです。すごく優良企業かつ紹介予定派遣なので、絶対に音羽さんを紹介したくて。ずっと正社員になりたいって言っていたでしょう？」

いつも親身になってくれる担当の人は、少し興奮気味だ。

私も驚いた、まさか公士くんの会社に派遣されることになるなんて。これ以上彼と関わりたくないけれど、派遣の仕事までなくなってしまうのは困る。

「あの、でも……学歴が」

私は大学を中退してしまっている。赤城クリエイティブのような大企業であればネックになるのではないだろうか。

「それは大丈夫。ほらここ、学歴不問って」

「え、そうなんですか？　でも私なんかを紹介して大丈夫なんでしょうか？」

「もちろんです。音羽さん、前の派遣先でもすごく評判がよくて先方は残念がっていましたよ」

「私こそ、すごくよくしてもらっていたので」

派遣社員ではあったものの、みんな親切な職場でありがたかった。

「でも赤城クリエイティブみたいな大会社の仕事が、私に務まるでしょうか？」

今までも派遣で何社かお世話になった。しかし大きくても関東近郊を中心にしている規模の会社で、全世界に名をとどろかせるような企業とではやはり求められるレベルも違うのではないだろうか。

そしてそこには彼がいる。

「大丈夫ですよ。今回音羽さんの資料を見た先方からどうしてもと言われたからなので。仕事ぶりに関しては僕が太鼓判押しますから」

「向こうから希望されるって、そんなことってあるんですか？」

「そうそうないですね。うちの会社の親会社なので今回が特例といえます」

言われてから気が付いた。私が登録している派遣会社は赤城クリエイティブのグループ企業にあたる。

「音羽さんなら大丈夫です。そろそろお時間なので行きましょう」

立ち上がった担当の人の後に続き、私は赤城クリエイティブの本社に向かった。

公士くんの顔がちらつくが、こういう大手の会社の場合、担当部署の方が面談をするのが普通だ。会社の規模が大きいし、きっと顔を合わせることもないだろう。

面談はあっけないほどすぐに終わった。スタッフの選定は派遣会社がするので面談で断られることはほぼない。とはいえ、やはり不安だったのでホッとする。

仕事内容はこれまでと同じ営業事務。ただし業界が異なるので慣れるまでは少し時間がかかりそうだ。それでも今までの実務経験を買われたことがうれしい。

さっそく翌日から勤務することになり、面談をしていた部屋を出た。

エントランスで派遣会社の人と別れた瞬間、タイミングよくスマートフォンが鳴る。

画面を確認すると相手は公士くんだ。

「もしもし」

《上見て》

吹き抜けを見上げると二階の手すりにもたれて手を振る彼が見えた。

「な、なんで？　そんなところにいて大丈夫なの？」
《秘書に見つからないようにしているから静かにして》
彼は口元に人差し指を当てている。こっちの方がひやひやして、周りを見回してしまう。
《柚花は素直だな》
彼は電話口で楽しそうに笑っている。
《ようこそ、赤城クリエイティブへ》
穏やかな彼の声。おそらく彼は私がここにいる理由を知っているのだろう。
「今回のことって公士くんが派遣会社に依頼したの？」
私は通行の邪魔にならないように壁際に移動した。すると彼も私から見えやすい位置に二階のフロア内を移動する。
《少し手を回したけれど、最終判断は現場に任せた。営業部の課長は君が俺と関わりがあるのは知らないはずだ》
「そうなんだ」
それを聞いてホッとする。
彼と知り合いだとばれていると働きづらい。

だからこうやって周囲に気を使って電話をしているのか。

「どうしてこんなことをしたの？」

《この間、ひとつ君の職場を奪ってしまったからね。だからお詫びだ。ずっと見ていると約束したし》

「その約束は断ったはずだけど……でもここで働かせてもらえるのはうれしい」

正社員になれば生活が安定する。母も喜んでくれるだろう。

公士くんの力があってのことで彼と距離をおくべきだとわかっているが、ありがたいものはありがたい。

《意外だな。また『放っておいて』って怒られるかと思った》

今までの私の態度から考えて、彼がそう思うのも当然だ。

でも今の私は、どんな形でも巡ってきたチャンスを無駄にしたくなかった。

これまでの派遣先に不満があったわけではない。けれど契約を更新してくれるかいつも不安だった。だから正社員になれる紹介予定派遣を希望していたが、学歴がネックになってなかなか希望がかなわなかったのだ。

《今後、契約がどうなるのかは柚花の頑張り次第だから。俺は口を出さない》

「そうしてもらえるとうれしい。私、頑張るね」

《あぁ。期待している。そろそろ秘書に怒られそうだから。また連絡する》
「うん。ありがとう」
電話を切って彼は軽く手を上げた後、スーツの裾を翻して行ってしまった。
やっぱり彼は一枚も二枚も上手《うわて》だと思う。私のほしいものをすぐに見破って結局彼の目の届くところで私を働かせることに成功したのだから。

私が働くことになった赤城クリエイティブは、もともと公士くんの母方のおじいさまによって設立された。今では国内最大手の広告代理店だ。

国内外に支店を持ち、グループ企業も合わせると従業員は七万人を超えている。

営業部はその中でも規模が大きく、事務の業務量もこれまでやってきた仕事と比較してもかなり多い。

あらゆる広告やメディアに関わる職場は、刺激的で好奇心をくすぐられるが、派遣社員といえど求められる仕事の水準が高く苦労している。それでも前の勤務先での仕事と似た内容もあり、他の社員から教わりながらなんとか日々の業務をこなしていた。

それは働くようになって一週間が経った頃。午後の仕事が始まる前のことだった。

「あ、社長だ」

誰かがふと呟いた声に、みんながフロアの入口に視線を向けた。

「おつかれさまです」

社員が各々声をかけると公士くんはそれぞれに「ごくろうさま」と声をかける。

私の隣を通り過ぎた時にちらっとこちらを見たが、表情を変えずに歩いていく。

公士くんとの関係を公にしたくないという私の気持ちを優先してくれたみたいだ。

彼はそのまま、数人の部下と話をしながら営業部の奥にある会議室に入っていった。

「はぁ、社長カッコいいよね」

「うん、そうだね」

隣の席に座る中島《なかじま》さんは、私と同じく派遣社員として働いている。同じ年で明るくておしゃべり好きな彼女は、どこからともなく噂話を仕入れていつも私に聞かせてくれる。見た目は子犬を連想させる小さくてかわいらしい雰囲気だが、裏表を感じさせず仕事をてきぱきとこなすのでとても頼りにしていた。

「噂で聞いたんだけど、社長って会長の亡くなった娘さんのひとり息子らしいよ。ずっと別に暮らしていたのを見つけ出して跡を継がせたんだって」

確か黒岩のおじさまとおばさまは、駆け落ちで同然で結婚したと聞いた。だから、おじいさまとはずっと没交渉だったに違いない。

現に私は公士くんが赤城家の血縁者だなんてまったく知らなかった。

「相当優秀じゃないと、こんなに大きな会社を背負うなんてできないよね」

彼女の言う通りだ。公士くんが優秀なのは昔からだけれど、それでもこの規模の会社を経営するには相当な努力が必要に違いない。

「日本とアメリカ両方の会計士の資格を持っているらしくて、いわば経営のプロだよね。二年前に就任して短期間で過去最大の売り上げをたたき出して、反対していた古株の社員たちを実力で黙らせたってもっぱらの噂だよ」

「え、本当に？ それはすごい」

私の知らない情報まで出てきて驚く。

中島さんの情報収集能力の高さにはびっくりだ。

「それにあのルックス。芸能人だって言われてもみんな信じちゃうだろうね」

「確かに、それはそうかもしれないね」

「はぁ、素敵」

中島さんはうっとりとした表情を浮かべていた。

彼女の話を頷きながら聞いていた私は、実際に彼が周囲にどのように思われているのかを知って驚く。

彼の人気がここまでとは。

確かに彼は持っているものに甘んじることのない努力の人だから、こんな風に周囲から尊敬のまなざしを向けられるのも理解できる。

なんだか雲の上の人みたいだな。実際にそうなのだけれど。

複雑な気持ちを抱える。

同じ会社で働きはじめてよりいっそう彼のすごさを認識した。それと同時に、やはり彼のような人物の隣に立つなんてことは自分に無理なのではないかと尻込みしてしまう。

いろいろなことを考えて頭がパンクしそうになった時、ちょうど昼休みが終わった。

おしゃべりを中断した私と中島さんは、お互いにパソコンの画面に向かった。

今は与えられた業務をこなすので精いっぱいだ。集中して作業を進めていると、デスクの上にネイルが施された綺麗な手が置かれる。

パソコンのディスプレイから顔を上げると、同じフロアで働く三宅《みやけ》さんがいた。入社十年目のベテラン営業の彼女はびしっとスーツを着こなし化粧もばっちりだ。いつも隙がなくばりばり仕事をこなしている。

営業事務として働いている私や中島さんは彼女から指示を受けることも多かった。

「会議室の片付けをしておいて」

「はい。かしこまりました。どこの会議室ですか？」

私が尋ねると三宅さんは途端に不機嫌そうな顔になる。

「社内のスケジュールを確認すればわかるでしょう？」

社員の予定はみんなに共有されている。だから自分で確認して動けということだ。

「すみません」

「ほんと、今度の派遣は気が利かないわね」

社内のシステムをまだうまく使いこなせていないことを申し訳なく思う。

「以後気を付けます」

「わかればいいのよ」

三宅さんは肩にかかっていた長い髪を払うと、そのまま自席に戻っていった。

「なにあの態度。本来なら会議室を使った人が片付けるのが普通でしょ。あぁ、やだやだ。すぐに〝派遣〟って言うし」

隣にいた中島さんが、鼻の頭にしわを寄せた。

確かに私たちは派遣社員に違いない。けれどここの職場はほとんどの人が正社員と分け隔てなく接してくれる。派遣社員から正社員になった人も何人かいるのでそのためかもしれない。

ただ職場によっては、名前すら覚えてもらえず〝派遣さん〟と呼ばれたり、給湯室などの利用が制限されたりすることもあると聞いた。

そういう時は、やっぱり派遣の立場の弱さを感じてしまう。きっと中島さんもいろいろ経験してきたので、さっきの三宅さんの態度が気になったのだろう。

「手伝おうか？」

「大丈夫。でも小さい会議室だしひとりで平気そう」

社内データベースを見て場所を確認した。

「わかった。でも大変だったら言ってね」

「ありがとう」

こうやって温かい言葉をかけてくれるだけでもうれしい。そうされることが当たり前じゃないって、自分が苦労してから気が付いた。

「会議室の片付けに行ってきます」

周囲に声をかけてから、席を離れた。

入社後二週間が経過した。仕事は順調で多くの学びがあり、ひとりでできることも増えてだんだん楽しくなってきている。

叔父からの連絡があった際に、隠しておくと後で面倒なことになるからと、赤城クリエイティブで働いていることを伝えた。どうやら初耳だったみたいで私が公士くんとの仲を深めるためにそうしたのだと勘違いしてとても喜んでいた。とりあえず少し時間稼ぎができそうだとホッとする。

公士くんからは、様子をうかがうメッセージが時々送られてきていたが、仕事に関して話をするくらいで、結婚についてはなにも言わなかった。

おそらく今、私が仕事を覚えるのに必死だとわかってのことだ。

復讐に利用するっていうならこちらの都合も考えずにただ〝結婚すること〟だけを考えていればいいのに、彼は決してそうしなかった。

まだ彼に気持ちがある私は、彼から優しさのこもったメッセージが届くたびに心が躍るのを自覚していた。これもきっと彼の作戦なのだろう。

浮つくのはよくないと思う。しかし気持ちは止められない。

その日の昼休みに公士くんからかかってきた電話も、いつも通り他愛のないものだと思っていた。

電話の相手が誰だか周囲にわかるはずがないのに、なんだかそわそわして休憩ブースに移動して通話ボタンを押した。

《仕事にも慣れてきただろう？　夜、食事に行かないか？》

これまで社長と派遣社員としての適切な距離を取ってくれていたのに、急な誘いに正直戸惑った。

「まだ二週間だよ。慣れるまではまだまだ時間がかかりそう。それにできれば公私混同は避けたいの」

こうやってプライベートでやり取りしていることがすでに公私混同ではないのかとも思う。その上周りの目もある。もし彼と会っていて、私が赤城クリエイティブで働いていると知られ噂を立てられれば、また彼に迷惑をかけてしまう。

それに彼といるとどんどん心の距離が近付いていてしまいそうで怖いのだ。

私の中で大きくなっている彼への行き場のない想いはどうしたらいいんだろう。

《ただの歓迎会だよ。前のバイト先では同僚とあんまりうまくいってなかったみたいだから、練習しよう》

確かに彼の言う通りだ。アルバイト先でもう少しコミュニケーションが取れていたら、違った結果が出ていたのかもしれない。

でもそもそも公士くんとは旧知の仲だし、練習にはならないと思うんだけど。

「いや、そんなことに付き合ってもらうのは申し訳ないよ。それに今の職場はみんな親切にしてくれているから安心して」

《ダメだ。もう店は予約してあるから。まだあれこれ言うなら、仕事終わりに柚花の働くフロアまで迎えに行くぞ》

「それは絶対、ダメ」

間髪を容れずにそう言うと、彼は楽しそうに声をあげて笑う。

笑い事じゃないのに。彼が私を迎えになんて来たら、関係を探られて大変なことになる。

《柚花は俺から逃げるつもりらしいけど、俺は負け戦をしないし、待つのは俺の性分に合わない。場所と時間は後でメッセージを送る》

「待って……え、切れてる」

彼は私の返事を待つことなく、電話を切ってしまった。

電話が切れると、私は大きくため息をついた。

彼が最終的にどう復讐したいのか。おそらく聞いても答えてくれないだろう。私は利用されるだけなのだから。わかっていても小さく胸が痛む。

人生で唯一の恋を、ずっと引きずっているからだ。

もうあの頃には戻れないと知っている。でも今、彼のおかげで毎日がすごく充実しているのも事実だ。

彼に強引に押し切られてしまい、逃げ出すことなんてできない。私にできるのはせめて彼にこれ以上ときめかないようにするだけ。

でも彼を前にすると、それがなによりも難しかった。


その日の仕事が終わり、私は会社とは反対の駅の出口に向かう。近くの駐車場で公士くんが待っているはずだ。

午後からなんだかそわそわしてしまった。仕事終わりはこれまで家事やアルバイトに時間を費やしていたので、こんな風に出かけるのは本当に久しぶりなのだ。

通勤用のバッグの他に小さな紙袋を持って、彼との待ち合わせ場所の近くできょろきょろと周りを見回す。

すると目の前にある駐車場に一台の高級車が止まっているのに気が付いた。それと同時に運転席のドアが開いて、公士くんが降りてきた。

「柚花、こっちだ」

呼ばれて彼のもとに駆け寄った。

「待たせたな」

「今来たところだから、気にしないで」

助手席のドアを開けてもらい中に乗り込む。運転席に戻った彼は、私がシートベルトを着けたのを確認するとすぐに車を発進させた。

「食事の前に行きたいところがあるんだけど、いい？」

「うん」

運転する彼を見ていて、返事が少し遅れてしまった。彼の運転する車に乗るのは久しぶりだ。相変わらず上手な運転で安心していられる。

「俺の顔になにかついてる？」

「え、どうして？」

「穴が開くほど見つめてくるから」

まさか彼が気付いているとは思わなかった。恥ずかしい。

「ごめん。公士くんの運転久しぶりだなって思って」

思わず見とれてしまっていたとはさすがに言えない。

「確かにそうだな。昔は車でよく出かけていたもんな」

私があちこちに連れていってほしいとねだると、彼はその願いを常にかなえてくれた。彼といる時間が自分らしく自由でいられる時間だったのだと改めて思う。

恵まれた暮らしだったのに、あの頃は窮屈だと思っていた。それに比べると今は自由に自分の意志で生きていける。経験値が増えたおかげで成長していると実感できる。

時々どっちがよかったんだろうと考えたりするけれど、答えは出ないし過去に戻ることもできないのだから前に進むしかない。

考え事をしていたら、車が駐車場に入った。

寄りたいところがあるって言っていたけれど、ここはどこだろう。

ガラス越しに建物を眺めていると、彼が助手席に回ってドアを開けてくれた。

「ありがとう」

「どういたしまして。こっちだ」

コンクリート打ちっぱなしのビル。道路に面したところに木製のドアがあるが看板などはなにも出ていない。

なんの説明もないまま彼について中に入ると、ブラックスーツの女性が私たちを出迎えた。

「いらっしゃいませ。お待ちしておりました、赤城さま」

「遅い時間に悪いね。頼んでいたもの用意できてる？」

「はい。ご希望に沿うものをご用意しております。こちらにどうぞ」

案内された先には、ハンガーラックに洋服がかけられており、近くの大きなテーブルには小物類が並んでいた。

私はこの部屋に来てやっと、ここがブティックだと気が付いた。

「仕事用のスーツじゃ味気ないだろ。柚花も着替えて」

「え、私はいいよ」

「せっかく準備してもらったんだから、とにかく着てみせて」

「え、でも――」

私の言葉を待たずに、彼はフィッティングルームに入ってしまう。どうしようかと悩む暇もなく私のもとにもスタッフがやってきて、「こちらにどうぞ」と案内された。そこまでされると、頑なな態度を取るのも失礼に当たるかと思い、とりあえず試着だけでもしてみることにした。

「三点ほどご用意いたしました。お好みのものをご試着ください」

見せてもらった洋服はワンピースだ。どれも私の好みを押さえている。その中でも生成り色のワンピースに惹かれて手に取った。

「お客さまの柔らかい雰囲気にとても合っていらっしゃいます。どうぞお着替えください」

促されるまま着替えはじめる。袖を通すとその上質な手触りに思わず頬が緩んだ。ここ最近、洋服を買う基準は実用性が一番だった。着回しができてしわができづらく、定番の形もの。仕事など必要に駆られて買うことが多かったので、純粋におしゃれを楽しむのはいつぶりだろうか。

「かわいい」

首元はレースのホルターネックになっておりタイトな作りだ。ウエストは絞られていて、そこからふわっとスカートが広がる。ふくらはぎが隠れるくらいの上品な丈で、身に着けているだけで胸が高鳴った。

こういう気持ちも久しぶりかも。

くるりと回って全身を確認した。

「いかがですか?」

声がかかり外に出てみる。するとすでに着替え終わった公士くんが、私が出てくるのを待っていた。

「俺もそれが一番柚花に似合うと思ってたんだ」

「ど、どうかな?」

「かわいい。俺との久しぶりのデートにふさわしいな」

「デ、デートって……」

恥ずかしくて、顔に熱が集まるのを感じた。リップサービスだとわかっていてもドキドキしてしまう。彼の言葉を慌てて否定する。

「待って、今日はデートじゃなくて歓迎会だよね。それにこのワンピースは私には少し贅沢だと思う」

値札はついていないが、肌触りや凝ったデザインからかなりの値段のものだということは察しがつく。

「着替えたいから付き合ってって言ったのは俺だから、ここは俺が払うよ」

「それはダメだよ」

「ダメじゃない。就職祝いだと思って受け取って。それに今日のレストラン、ドレスコードがあるんだ」

「そうなの？」

高級店に出入りしなくなったので、すっかり頭からドレスコードの存在が抜け落ちていた。そうであれば彼の好意をありがたく受け入れるしかない。

「ありがとう。素敵な洋服を用意してくれて」

素直にお礼を言うと、彼が満足そうに頷いた。もしかして彼はすべて見越してここに連れてきたのかもしれない。

就職祝いだという彼の言葉に甘えよう。

彼は私のワンピースに合わせるかのように、ベージュのカジュアルなジャケットに着替えていた。モデル顔負けの彼はなにを着てもよく似合う。

全身を彼にコーディネートをしてもらい、本日の〝歓迎会〟の会場であるレストランに向かった。

大通りから一本入ったところにある看板すら出ていないレストランだ。レンガ造りの落ち着いた感じの一軒家で、入口はモダンなライトで照らされていた。

お店の中に入ってもスタッフ以外の人の気配を感じない。公士くんに尋ねると全席個室で一日数組しか利用できないそうだ。

「ここ、親父も好きだった店だから、味は保証する」

席に着くなりそう彼に言われて、黒岩のおじさまのことを思い出した。昔は記念日にはいつもおじさまのお店でお祝いをしていた。

思い出して寂しくなる。もう二度とあの料理は食べることができないのだ。

我が家のトラブルに巻き込まれていなかったら、もっと長生きできたかもしれない。

そう思うとどれだけ公士くん親子を苦しめたのかと胸が苦しくなる。

「どうかしたか?」

「ううん。ちゃんとしたレストランに入るの随分久しぶりだから緊張してるの」

彼に素直に伝えるわけにはいかず、ごまかした。

「リラックスして。個室だから」

彼の気遣いに感謝しつつ、私はずっと持っていた紙袋を彼に手渡した。

「これ、もらってくれる?」

「え、なに?」

彼は一瞬驚いた顔をしてから、すぐに頬を緩めた。

「私、今仕事が楽しいの。きっかけをくれたお礼です」

私が話をしている間に、彼が中身を取り出して見ている。

「マグカップか」

「うん……そんなものしか用意できなかったんだけど」

買ってから、彼と距離を置くべきなのにと思ったけれど、お礼くらいはした方がいいと思って持ってきた。

昔も彼へのプレゼントはさんざん悩んだ。その頃とは比較にならないくらい安いものだが気に入ってくれるだろうか。

「これいいな。手に馴染む」

「よかった。実はかなり悩んだの」

「ありがとう。まさかこんなサプライズがあったなんてな。うれしいよ」

喜んでくれてよかった。

「買ってもらった服と比較すると、本当につまらないものでごめんね」

買った時はすごくいいアイデアだと思ったけれど、彼のしてくれていることと比較すると申し訳なくなってしまう。

「値段じゃないだろう。これは柚花が一生懸命働いて、俺のために選んでくれたものだ。その価値は金には換算できない」

胸の奥がじんとした。彼はいつだって物事の本質をしっかり見極めている。

公士くん……変わらないな。

そんな話をしているとワインが運ばれてきた。公士くんがテイスティングを終えると、ソムリエがふたつのグラスにワインを注ぐ。

「柚花が好きな白にした」

「ありがとう。お酒久しぶりだから大丈夫かな？」

「無理はするなよ。食事を楽しんでほしいから」

私が頷くと同時に、スタッフが料理を並べた。色とりどりのアンティパストに心が躍る。

「いただきます」

口に運んでゆっくりと味わう。ドライトマトとナッツを使ったサラダは食感も味わいもおもしろい。大好きなキッシュやサーモンを使った生春巻きなどを楽しむ。

私が食べる姿をジッと見る公士くんの視線にふと気が付いた。

「どうかした？」

あまりにも見られていて不安になる。

「さっき車の中でジッと見られてたから、仕返ししてる」

「そんなに見てないよ。多分」

うまくごまかしたつもりだったのにしっかり彼にばれていた。

「まあ、それは冗談だけど。相変わらず美味しそうに食べるなって。なんだかホッとした」

「そうかな。自分ではわからないから」

食べることが好きなのは、父親譲りだと思う。父がレストランなどの飲食店を経営していたおかげで、随分美食家に育った。

「柚花は『今の私は……』ってよく口にするけど、そうしているとなにも変わらないけどな。まぁ、こういった場所での振る舞いはすぐに身につくものじゃない半面、一度体にたたき込まれると忘れないものだからな。さすが様になってる」

それはそうかもしれない。小さな頃から食事のマナーに関してはかなり厳しく指導された。

「そうだといいけど。公士くんがそう言ってくれるならちょっと安心した」

実は今日のレストランが個室でホッとしていたのだ。マナー違反をして周囲の人の気分を害してしまうことがないから。

「難しいことは考えずに、食事を楽しんでくれればいい」

「うん。ありがとう」

黒岩のおじさまのお墨付きとあって、アンティパストから始まりパスタやメインまで、どれもすごく美味しかった。久しぶりにたくさん食べてお腹と心の両方が満たされる。

食事が終わり、デザートが運ばれてくると、公士くんがお見合いの話を持ち出した。

「柚花がお見合いを受けたのはどうしてなんだ？　叔父さんに言われたってだけじゃ

ないだろう」

言うかどうか迷っていたけれど、隠す必要もない。ここまで彼と関わった以上、ちゃんと話をしておくべきだ。

「母の容態が思わしくなくて医師から施設を勧められたの。その費用を私だけじゃ用意できなくて」

「なるほど。広子さんの容態、そんなに悪いんだな」

彼は眉間にしわを寄せた。

「安定しているように見えても、いつ倒れるかわからないの。お見合いが成功すれば叔父が費用を出してくれるって言うからそれに縋るしかなかった」

自分の都合で知らない誰かとの結婚を利用するなんて、浅はかだと笑われるかもしれない。

「相手が俺じゃなかったら、すぐにでも結婚してたってことか？」

彼は不機嫌そうに私を見た。

「多分そうしたと思う。母を助けることしか考えていなくて、それしか方法がないと思っていたの。でも相手が公士くんだって知って、二度も我が家の事情に巻き込みたくないって思った」

「はぁ……間一髪だったってことか」

彼は髪をかき上げながら、大きく息を吐いた。

「柚花の事情はわかった」

こちらをまっすぐに見る彼の真剣な瞳に、私の緊張が募る。

「柚花、俺と結婚しよう」

驚いて数秒間呼吸が止まった。彼が冗談で言っていないことは雰囲気でわかる。だからこそ余計に理解できない。

「え、公士くん話を聞いていたの？　私はもうあなたを巻き込みたくないって言ったの。だから何度も結婚しないって言っているのに」

「俺が巻き込まれただなんて思っていないなら、問題ないだろ。柚花の問題は俺自身の問題でもあるんだ。当事者なんだから巻き込むもなにもないだろ。俺はどうしても柚花を手に入れたくて〝復讐だ〟なんて心にもないことまで言って繋ぎ留めようとした。それくらい俺には強い気持ちがあるんだ」

「復讐って、嘘だったの？」

どうしてそこまでして？　私には理解できない。

復讐のためではなく彼が本当に私を求めていると知って衝撃が走る。ドキドキと心臓が早鐘を打つ。

「五年半前、私はあなたにひどいことを言った。あなたを傷つけた私にはそんな言葉をもらう資格すらない」

「そうじゃない。あの時俺にもっと力があったら、柚花も広子さんも守れた。それができなかった俺が悪いんだ」

どう考えたって、公士くんが悪いわけじゃない。なのになんで……。

目頭が熱くなる。この人は苦しい思いをした過去があるのに、どうしてここまで私と向き合おうとしてくれるのだろうか。

そんな優しい彼を、私が縛りつけていいのだろうか。叔父の性格から考えて、公士くんや赤城クリエイティブを利用しないはずはない。

私は彼に迷惑をかける存在なのだ。彼が私を想ってくれていると知って、余計に受け入れていいのか悩む。

「俺に柚花との空白の時間を取り戻すチャンスをくれないか。あの頃の力のない俺じゃない。今なら柚花を守ることができる。離れていた五年半はそのための時間だったんだと思ってくれないか？」

必死さが伝わってくる。しかしそれをなかなか受け入れられない。

「そんな都合のいい話、ダメだよ」

「俺がいいって言ってるんだから、問題ないだろ」

彼は一歩も引かない。先ほど言っていた彼の過去の後悔が、今の彼を縛りつけているのだろうか。

「でもやっぱり私、公士くんの人生をこれ以上振り回したくない」

「勝手に俺を被害者にしないでくれ。俺が本気になれば、柚花の気持ちなんかすぐに変わるさ」

自信満々の彼。その中に優しさが垣間見える。

やめてほしい、その優しさに甘えてしまいたくなるから。

本当の私は甘えたがりで、誰かに守られたいと思っている。強がっている自分を守っていた殻が剝がれていく。

彼が言い出したら聞かないのは知っている。そして私はいつもそれに甘えてしまう。

彼を叔父の手から守りたい気持ちはあるが、結局彼の言葉に気持ちが揺れ動く。

逡巡している私の手を、ダメ押しするかのように彼がギュッと握りしめた。

「柚花、俺との結婚を前向きに考えてくれないか？」

真摯なまなざしに射貫かれて、私の中にある彼への恋心が激しく揺さぶられる。

彼が私を想ってくれていることを知った。だからこれまでみたいに、拒否して逃げるだけではなく、ちゃんと向き合って結論を出したい。

お互い思い合っているのが事実でも、それだけでなにもかもうまくいくわけではないからだ。

「……わかった。ちゃんと考えてみる」

真剣な表情を浮かべていた公士くんは頬を緩めて笑った。昔見た彼の笑顔と変わっていない。彼が本当にうれしい時に浮かべる表情だ。

その顔に甘く胸がうずく。

好きという気持ちだけでは、本来結婚してはいけない相手だ。わかっているけれど、何度も想像した彼との結婚が現実になるかもしれないと思うと、どうしてもときめく気持ちを抑えられない。

「柚花、うれしいよ」

握っていた手を彼が指を絡めて繋ぎ直した。

熱のこもった瞳に見つめられただけで、体の芯が甘くしびれる。忘れていた恋の感覚がどんどんよみがえってきた。

母の施設への入居は公士くんが迅速に動いてくれたおかげで早く決定した。予定していたよりもずっといい環境で母が過ごせることになって本当にうれしい。彼には心から感謝している。

五月の大型連休初日、母が病院から施設に移る。

数日前から少しずつ母の入居のために荷造りをしていた。もともとそんなに荷物は多くないけれど、母の大切にしている思い出の品や、生活用品なども買い足して荷物をまとめた。

これからはのんびり過ごせるといいんだけれど。六年以上一緒に苦労してくれた母。昔好きだった編み物やパッチワークを再開して、体を労り楽しく過ごしてほしい。

いろいろな思いを抱きながら荷造りをしていると、公士くんが手配してくれた引っ越し業者がやってきた。そこまで荷物は多くないので大袈裟だと思う半面、車を持っていないのでありがたくもあった。

「よろしくお願いします」

女性ばかりのスタッフがてきぱきと作業を始める。しかし母の荷物だけでなく、部屋のものすべてを梱包しはじめたので驚いた。

「あの、そこは大丈夫ですから。こちらだけで」

「いえ、依頼主さまから家の中のものを全部運び出すように言われていますから」

「えっ⁉」

驚いて声をあげると同時に、公士くんがやってきた。

「進んでる？」

「公士くんまでどうして？」

「柚花は引っ越しの荷物に含まれていないからな」

「当たり前じゃない。ここが私の家なんだから……って、え、私も引っ越すの？」

「結婚するんだから当たり前だろう。今さらなにを言っているんだ」

驚く私に、公士くんはあきれ顔だ。

「そんな急に言われても。それに結婚するってまだ言ってないじゃない」

これって私が悪いの？　そりゃ『引っ越し業者は手配した』とだけ言われて詳細を確認しなかった私もいけなかったけど。まさかこんなことになるなんて。

次は絶対、ちゃんと確認するんだから！

「昔は俺の部屋に行きたいってさんざん駄々こねてたのに、今になって嫌がるのか」

「こういう時に、昔の話をするのはずるいよ」

確かこの間も昔の話を持ち出された。あの頃と状況がまったく違うのに。

「あぁ、俺はずるい男だからな」

開き直って笑っている。

私たちが押し問答をしている間にも、荷物はどんどん運び出されていく。ここで抵抗しても引き返せない。きっと彼のことだから、退路を断つために、この部屋の解約についても手を回しているだろう。

できる男に逆らうのは難しい。

彼の連れてきた素晴らしく仕事の早い引っ越し業者が去っていくと、私は公士くんの車に乗ってまずは母が住むことになった施設に向かった。

パンフレットで確認してはいたけれど、母の住む施設は想像よりもはるかに素晴らしかった。施設というよりもマンションといった方がしっくりくる。中庭には噴水や花壇、四阿《あずまや》まであり、気候のいい日に散歩をすれば気持ちがよさそうだ。

スタッフの皆さんも明るく、ここなら母もゆっくり養生できるだろう。

「柚花ちゃん、公士くんっ！」

エントランスに足を踏み入れると、サロンから母がうれしそうに歩いてきた。

「お母さん！」

私はそのまま母のもとに駆け寄る。顔色がよく体調もよさそうでホッとする。

「ふたりとも来てくれてうれしいわ」

母は私と公士くんの顔を交互に見て微笑んだ。

「広子さん、体調はどうですか」

「バッチリよ。走り回りたいくらい元気」

「それは安心しました。でも無理はしないで、座って少し話をしましょう」

サロンのソファに三人で座る。最初に口を開いたのは母だった。

「公士くん、ごめんなさい。長い間苦労をかけてしまって。私の力では篤史さんを止められなかったの」

それまで明るい表情を浮かべていた母が、一転厳しい顔つきになり彼に謝罪した。

「なぜ広子さんが謝るんですか？　被害者なのに」

「いいえ。公士くんや黒岩さんにはしなくてもいい苦労をさせてしまって、夫の代わりに謝ります」

母も私同様、ずっと申し訳ない気持ちでいっぱいだったのだろう。深く頭を下げて、膝に置いた手は震えている。

「顔を上げてください。そして俺のことをよく見てください」

母は言われるまま、ジッと彼の様子をうかがう。

「あの頃よりも立派になったと思いませんか？　確かに苦労はしましたけど、それも糧になっています。だからこそ今、あなたたちを守れる力を手に入れた」

堂々と振る舞う彼は、以前よりも随分たくましい。それもいろいろな努力の結晶なのだろう。

「だから謝罪は必要ありません。その代わり応援してほしいんです」

「え、ええ。ぜひ応援させてもらいたいけれど、なんの？」

母に気を遣わせないように、すぐに明るい表情をした彼はちらっと私の方を見た。

「柚花がやっと、結婚を前向きに考えてくれると約束してくれました。ですから今日から一緒に暮らしたいと思います」

「え！　まぁ、やだ！」

母は感激したのか、口元に手を当てて思わず腰を浮かせた。

「本当に？　あら、どうしましょう。柚花ちゃん、そういう大事なことは前もってお母さんに言っておいてちょうだい」

「え……でもまだ結婚するって決めたわけじゃないし、一緒に暮らすのも私も今日初めて知ったの」

母の反応は大げさすぎる。しかし公士くんは気にせずに母に話を合わせた。

「驚かせてすみません。お嬢さんのことはなによりも大切にします。ですから絶対に結婚できるように応援してください」

「もちろんよ。柚花をどうか幸せにしてちょうだい」

「はい、必ず。お約束します」

ふたりのやり取りを見ていて外堀が埋まっていく気がして焦る。でも母と公士くんが仲良く話をしている姿を見てほっとした。

でも本当にこのまま進んでしまっていいのかな？　私に赤城公士の妻が務まるのだろうか。そして一番問題なのは、叔父がなにか企んでいないかだけど。

「音羽さん、そろそろお昼ご飯ですよ」

施設のスタッフが母を探しにやってきた。私たちは挨拶をしてから母と別れ、施設を後にした。

そして昼食を済ませ、公士くんの運転する車で私の新しい家となる彼の部屋に向かった。

都内の一等地。オフィス街や商業施設からもアクセスがよい人気の場所に彼の住むタワーマンションがある。富の象徴のような建物に私は目を見張った。

吹き抜けのある大理石のエントランスを抜けてエレベーターホールに向かう。カードキーをかざしてエレベーターに乗り込むと、揺れることなくスーッと動きはじめた。実家は一軒家だったので、こんな高層マンションに住むのは初めてだ。

「見晴らしはいいけど、下まで降りるのが面倒なんだよな。柚花が別の場所がいいって言うなら、すぐに不動産屋に連絡する」

「いいよ、そんなわざわざ。職場に通いやすいのは私もありがたいし」

なによりも忙しい彼に、移動で時間を取らせたくない。部屋を探すのだって骨が折れる作業だ。

エレベーターが最上階に止まる。廊下に出てすぐの木目調のドアに彼がカードキーをかざすと開錠の電子音が聞こえた。

「今日からここが柚花の家。どうぞ」

彼がドアを押さえてくれている。一歩中に入ると廊下がずっと奥まで続いていて驚いた。今まで住んでいた物件は玄関の扉を開けるとすぐにキッチンだったので、ここはどれほど広いのだろうか。

「ほら、早く中に入って。もうすぐ荷物も届くだろうから」

目を見張るほど広いリビングは、明るい陽の光が差し込んでいる。その中でも目を引くのは、どっしりと座り心地のよさそうなソファだ。

奥にある楕円形のダイニングテーブルは、イタリアのデザイナーのもので実家でも同じ作家のものを使っていた。

そしてそのテーブルの上には、私の好きなダリアの花とマカロンが置かれている。

「これって、公士くんが用意してくれたの？」

「あぁ。好きだっただろ？」

「うん。ありがとう」

細やかな気遣いで歓迎の気持ちを表してくれている。忙しいはずなのにこんなことまで。手を煩わせてしまって申し訳ないという気持ちと、サプライズのプレゼントがうれしいという気持ちが入り交じる。

「そういえば、昔もたくさんマカロンくれたよね」

「あぁ、あれは柚花が中学生の時か」

ホワイトデーのお返しに、マカロンをねだったのだ。

「あの時、両手いっぱいに紙袋抱えて持ってきてくれたよね。食べ終わる頃、体重計に乗るのが怖かったもん」

ありとあらゆる種類のマカロンを公士くんは買ってきてくれた。部屋がマカロンの展示場みたいになったのを思い出す。

「今も昔も、柚花を喜ばせるのは俺の趣味みたいなものだからな」

笑みを浮かべた彼が、私の頭を優しく撫でた。

「こんな風に歓迎されたら、無理やり連れてこられたこともどうでもよくなっちゃった」

彼は私の扱いが本当に上手だと思う。

「公士くん、これからよろしくお願いします」

頭を下げると優しい声が聞こえた。それと同時に肩を抱かれて引き寄せられる。

「ようこそ、柚花」

額にキスが落ちてきた。頬が熱くなり、彼の胸に両手を添えてそっと彼から距離を取る。彼の顔をまともに見られずにうつむいて、赤くなっているだろう顔を隠す。

ドキドキする心臓をなんとか鎮めようと、何度か深呼吸をしてやっと言葉が出た。

「待って。いきなりそういうことされると、どうしたらいいのかわからないの。前向きに考えるって言ったけど、戸惑っていないわけじゃないから」

往生際が悪いと言われても仕方ない。しかし普通の恋人なら少しずつ距離を縮めていくはずだ。

「結婚を前向きに考えるなら、こういうスキンシップも必要だろう？」

「でも急すぎてついていけない」

事実今も胸がドキドキしすぎていて苦しい。

「慣れればいいだけだ」

彼が私の手を取って、指先に口づける。

「だからこういうことは――」

しかし彼は、私の抗議をまったく気にしていないようだ。悪びれる様子すらない彼を軽くにらんだ。

「もちろん柚花の気持ちは無視しないが、俺は遠慮するつもりはないから。柚花のペースに合わせていたら、結婚まで何年かかるかわからないからな。それとも嫌だった？」

うかがうように顔を覗き込まれて、ますます頬が熱くなる。きっと顔が赤くなっているのを彼に気付かれているだろう。

嫌じゃないから困っているのだ。公士くんに関してことさら意思の弱い私は、なし崩し的に彼を受け入れてしまいそうだ。

「相手が柚花だろうが隙を見せたらつけ入るから、覚悟しておいて」

笑顔で言うセリフじゃないと思うけれど、彼の宣戦布告から私たちの生活がスタートした。


「本当に荷物はこれだけ？」

その後、引っ越し業者が届けてくれた荷物を見た彼は、その少なさに驚いたようだ。それも仕方ないだろう。実家に住んでいた頃は衣裳部屋が洋服や小物であふれ返っていたから。

「うん、あの部屋だとそんなにものを持てないから」

以前所有していた高級品は全部売ってしまった。父に買ってもらったものを手放すのは忍びなかったが、生活していく上でそうするしかなかったのだ。

彼はなにか察したのだろうけれど「そうか」としか言わなかった。

「生きていくのに本当に大事なものって、実はそんなに多くないんだと思う」

手放したものも多いけれど、今の生活で困ったことはない。〝足るを知る者は富む〟なんて言葉もあるくらいだ。

「柚花の口からそんなことを聞けるなんてな」

「私も成長しているから」

からかうような表情をしていた彼が、ふとまじめな顔になって言った。

「知ってるよ、そんなの俺が一番知ってる」

荷物が少ないとはいえ、整理するのに時間がかかり、あっという間に時間が過ぎていく。

夕食はどうするかという話になった時、「今日は俺が作る」と彼がシャツの袖をまくった。

「料理できたっけ？」

過去の記憶をたどってみても、彼が料理をしていたことはないように思う。

「疑ってるのか？」

私があいまいに微笑むと不満そうな顔をした。

「俺だって成長してるさ。それに有名シェフの息子だってこと忘れてないか？」

彼はそのままキッチンに向かい、冷蔵庫の中を物色している。

「手伝おうか？」

「柚花が？」

彼がそう言うのも無理はない。私も昔は包丁すらまともに握ったことがなかったのだから。

「私だって成長してるもの」

先ほどの彼の言葉を真似て言い返すと、おかしそうに笑った。

「今日は俺が作るから、柚花は片付けの続きやっておいで」

「じゃあ、お言葉に甘えようかな」

私は料理を始めた彼を少し見てから、まだ段ボールに入ったままの荷物を片付けるために部屋に戻った。

それから三十分もしないうちに、彼が呼びに来た。

「できたぞ」

「え、もう？」

確かにさっきからいい匂いがしていた。ダイニングに向かうとテーブルの上にはオムライスとサラダとスープが並んでいた。

「好きだったよな」

「うん、美味しそう」

小さい頃から黒岩のおじさまが作るオムライスが大好きだった。誕生日には毎年リクエストして作ってもらっていたほどだ。

「さぁ、座って」

目の前には綺麗な形のオムライス。彼が自信満々だったのも頷ける。

「いただきます」

手を合わせてからスプーンですくった。口の中に入れて味わうと、自然と涙が浮かんできた。

「柚花？」

「ご、ごめんね。泣いちゃうなんて」

彼が差し出してくれたティッシュで涙を拭う。

「だっておじさまの味と同じなんだもの。すごく美味しい」

私は泣きながら笑ってしまった。美味しくて懐かしかった。

「すごい再現度だね」

「誰よりも親父の飯を食ってたのは俺だからな」

彼はティッシュを手に取ると、まだ涙がにじむ私の目元を軽く押さえた。

「ありがとう。美味しい」

「喜んでくれてよかった」

大切な思い出の味。しかしその思い出の中にいる、父も黒岩のおじさまも今はもういない。

私はスプーンを置いて、公士くんに尋ねた。

「我が家のいざこざに巻き込まれていなかったら、おじさまはもう少し長生きできたんじゃないのかな」

ずっと気になっていたことを打ち明ける。父が亡くなって叔父が跡を継ぐことになり、黒岩のおじさまは会社で肩身の狭い思いをしていた。あげくやってもいない罪をなすりつけられ、叔父の力の及ばない海外へ移住した。

音羽フーズを大切に思って真剣に料理に向き合っていた黒岩のおじさまは、どれほどつらい思いをしたのだろうか。

「もともと打たれ強い人だったし、あの時も『もう一度ひと旗揚げるぞ！』なんてたくましく言っていたよ。親父は人生の最後まで楽しそうだった。柚花が心配しているようなことはなかったと思う」

公士くんは、スマートフォンを取り出すと一枚の画像を私に見せた。そこにはアメリカでシェフとして働いている黒岩のおじさまの姿があった。

「渡米後すぐにシェフとして雇ってくれるところがあって働いていた。本人はやっぱり料理を作るのが楽しかったみたいだから、そこまで落ち込んではなかったけどな」

確かに私の知っている明るい笑顔がそこにあった。

「生涯シェフができて幸せだったって言ってた。だから親父にとっては人生の転機くらいだったと思うぞ。最期まで柚花と広子さんのことは心配していたけど、当時は音羽篤史に邪魔されて近付けなかったから」

それを聞いて、止まっていた涙が再び頬に流れた。

「今頃きっと音羽社長と一緒に天国で酒でも飲んでるさ」

「そうだったらいいけど」

公士くんは明るく言うけれど、彼だって公認会計士という立派な仕事を捨てて渡米せざるをえなかった。

当時の叔父は逆らう者はどんな手を使ってでも排除していたからだ。今でも申し訳ない気持ちでいっぱいになる。

「ほら、冷めると台無しになる。早く食べて」

「うん」

いつまでも落ち込んだ顔をしていると心配させてしまう。私はもう一度スプーンを取って、彼の作ってくれたオムライスを食べた。

食事を終えて早めにお風呂に入った。広いバスルームに感心してウキウキしてしまう。

引っ越し作業はほとんど業者の人がしてくれたけれど、やはり体は疲れていた。ほどよい温度の湯が張られたバスタブに足を伸ばして浸かると、疲れが体から溶け出していくようだ。

「はぁ。気持ちいい」

思わず声が漏れる。

今日一日で流されるように引っ越しを済ませてばたばたしていた。やっと時間が取れたことでいろいろなことが頭に浮かぶ。

彼のことで少し引っかかるのが彼は過去にとらわれすぎているのではないかということだ。私を守れなかったことをいまだに後悔しているように思える。

それに叔父についてはどう思っているのだろうか。いい感情を持っているはずはないが、私と結婚するとなると無視できる相手ではない。

鼻先まで湯に浸かりいろいろ考え事をしていると、のぼせそうになって慌てて湯舟から出た。

スキンケアやドライヤーをしている間もぐるぐると思考を巡らせる。しかし私は、一番大切なことを考えていなかったのだ。それもかなり差し迫った問題なのに。

「ベッド……ここを使ってって言われたけど、これって公士くんのベッドだよね」

ミッドナイトブルーのカバーのかかったクイーンサイズのベッドが目の前にある。

大きなベッドはふたりで寝るには十分な広さだけど……。

「やっぱり無理」

私はリビングに引き返した。

まだ解いていない荷物の中に、私の布団があるはずだ。リビングのソファは立派なものだったし小柄な私ならそこでも十分眠れるだろう。

そう思いながら寝室を出ると、公士くんとぶつかりそうになった。

「わぁ」

「おっと、どこに行くんだ？」

濡れ髪にスウェットとTシャツ姿の彼が立っていた。薄着なので鍛えた体が見て取れる。妙に色っぽくて目のやり場に困り、半歩後ろに下がって距離を取った。

「どこって、私はソファで休もうかなって」

「は？　どうして？」

「どうしてって、あのベッドは公士くんのでしょう？」

見上げると、前髪をかき上げて笑みを浮かべている。

「違う、俺と柚花のだ」

彼ははっきりと言い切った。しかしそこで素直に頷くわけにはいかない。

「そんな。急に無理だよ」

「柚花のベッドや寝具は、広子さんに確認して処分したから。今日からあれが俺たちのベッドになる」

手際のよさにもはやあきれてものも言えない。私は口をぽかんと開けて、彼を見つめる。

彼は一歩も引く気がないようだ。

「夫婦になるなら一緒にベッドで寝るのは当然だ。覚悟するほどのことじゃないし、タイミングを逃すと後々面倒だ」

「それは……そうかもしれないけれど」

確かに〝いつまでに〟と決めたところで、覚悟ができるとは限らない。

「俺は柚花を落とすのに手加減はしない。それにこういうのは勢いが大事だろ？」

「待ってよ。えっ！」

戸惑う私を彼は抱き上げて、寝室に連れ戻す。優しくベッドに下ろすと素早く隣に滑り込んだ。

「ほ、本当にいいのかな?」

あきらめが悪いと言わんばかりの視線を向けられる。

「いいだろ、むしろ別々に寝ている方が問題だ」

そうは言っても彼と再会してから一カ月と少し。結婚を前向きに考えるって決めたのもついこの間だ。

過去に付き合っていたとはいえ、あの頃とは関係が違う。

いろいろ考えていたら背後から抱きしめられた。

「え、あの……ちょっとこれ」

「あ、俺、抱き枕抱いて寝る派なんだよな」

それならこの手を離して、愛用の抱き枕を抱きしめればいい。

「その抱き枕はどこなの?」

「あー疲れた」

彼は私の言葉が聞こえないかのように、ギュッと腕の力を強めた。

「早く本当の夫婦になるために、こうやって慣らしておく必要があるだろ」

「ないと思う」

「あるだろ。もういいから黙って」

結局押し切られる形でベッドに横たわる。ドキドキして眠れないと思っていたけれど、公士くんの体温が心地よくてすぐにうとうとしはじめた。

第五章　万年筆が結ぶ恋

やっとここまできた。

よく眠る柚花の姿を確認して、俺はそっとベッドを出た。好きな子と一緒のベッドで眠って手を出さないようにするのは、なかなか忍耐力がいる。昂りを抑えるためにキッチンに向かいブランデーをグラスに注いだ。

ソファに座ってそれを口に含むと芳醇な香りが鼻に抜ける。グラスを傾けながら、スマートフォンに保存してある画像データを呼び出して眺めた。

そこには今よりも幼い柚花が、満面の笑みを浮かべている。

彼女と出会ったのは俺がまだ大学生の頃、父親がシェフを務めているレストランのオーナーの娘だと紹介されたのがきっかけだった。長期休みで時間を持て余していた俺は、父に言われるままアルバイトとしてレストランを手伝っていた。料理の技術はないが物覚えが早く、その場に馴染むのが得意な俺はホールの一員として働いていた。

そこに家族でやってきたのが、柚花だった。

父に連れられて個室に挨拶に向かった。父が世話になっている人だから失礼があってはいけない、それも相手は大会社の社長だ。普通に生活していたら直接話をするチャンスなんてないだろう。

わずかに緊張しながら父の後に続き中に入ると、父と同年代の男性と女性が座っていた。すぐに音羽社長だとわかり挨拶を交わす。

そしてもうひとり、シンプルなミントグリーンのワンピースを身に着けた女の子がこちらをジッと見ていた。

『公士、音羽社長の娘の柚花ちゃんだ。柚花ちゃん、これが私の息子の公士。今は大学生なんだ』

『はじめまして、こんにちは』

にっこりと営業スマイルよろしく微笑んでみせる。

『こ、こんにちは』

少し上ずった声と赤くなった顔、はにかんだ表情がかわいらしく好感が持てた。

ふと彼女の手元を見ると、参考書が広げられている。

『夏休みの宿題ですか？』

『え、えぇ。はい……実はまだ終わっていなくて』

お盆も過ぎ、八月も後半だ。しかし彼女が開いているページはまだ最初の方。

『柚花はのんびりしているからな。いくらエスカレーターで進学するといっても、もう少し勉強しなくちゃな。そうだ、公士くんは随分優秀だと聞いている。柚花の家庭教師をやってみないか？　時給は弾むから』

音羽社長がどうだ？という顔でこちらを見ている。

『ありがたい話です。ちょうど今、アルバイト先を探していたんですよ』

ここでのアルバイトは夏季休暇の間だけだ。休み明けに新しいアルバイトを探すつもりだったのでありがたい。

『おお、ちょうどいい。柚花もそれでいいな？』

『え、……うん』

どこか煮え切らない態度が気にかかる。

『柚花さん、もし嫌なら断ってくれてもいいんですよ』

もし嫌だというなら、無理強いはできない。

『嫌なんかじゃありません！　ぜひ、お願いします』

立ち上がった彼女は、勢いよく頭を下げた。

『こちらこそ。よろしくお願いします』

俺が差し出した手を、白くて小さな手が遠慮がちに掴んだ。

それから俺は時間が許す限り、彼女の家庭教師として一緒に時間を過ごすことになった。

柚花は素直でまじめでいい生徒だった。家庭教師を始めてからすぐに、彼女から『敬語は使わないでほしい』と言われ、お互い気心が知れた頃にはいろいろな話をするようになった。そして彼女が高校二年になった頃には驚くほど成績が伸びた。

『随分成績が上がったし、大学は外部受験したらどうだ？』

俺の言葉に、柚花は少し困った顔をした。

『うん、それもいいとは思うけど……でもお父さんとお母さんを心配させてまで、行きたい大学はないから』

今彼女が通っている学校は私立の由緒ある学校だ。有名企業の経営者や芸能人の子息、皇族も通っていた実績がある。その分セキュリティも万全だ。

柚花の両親が過保護すぎる理由は、過去にあった誘拐未遂事件である。

『そうだな。俺が一緒に通えたらいいんだけど。柚花が入学する頃には卒業しているからなぁ』

『そ、そんなの無理。公士くんと一緒に大学に通うなんて』

『どうしてだよ？』

あからさまに拒否されてむっとする。

『カッコよすぎるからだよ。知らない人に恨まれたくない』

彼女はちょっと唇を尖らせた。

『なんだよ、そんな理由か。一瞬嫌われたかと思った』

『そんなはずない。私が公士くんを嫌いになるわけないじゃない』

少し視線を逸らして恥ずかしそうにしている。

新鮮だな。

自慢じゃないが、女性が自分をどういう風に見ているのか知っている。最初は見とれて、その後どうにか取り入ろうとする。でも期待されても応えられない。一方的に向けられる気持ちは重いだけだ。

要領よく生きてきたおかげで、在学中に公認会計士の資格を取得し大手の監査法人への就職も内定している。将来安泰だと思われているのか、合コンなどの誘いも多かった。

外側から測れるものだけで自分が判断されることに俺は疲れていた。

しかし五つも歳が離れている柚花は、俺をそういう対象として見ていない。純粋に俺を頼ってくれ、そして俺も彼女を助けた。

それがすごく心地よい。

『じゃあ、今度の試験が終わったらご褒美をやろう』

『やった！　じゃあ公士くんの通っている大学に行ってみたい。ダメ？』

『そんなことでいいのか？』

『うん！　一度どんなところなのか見てみたいの』

目を輝かせている姿を見ると、自分の周りにいる女性とは違うと感じる。年齢の差だけではなく、裏表も計算もない純粋な姿がそばにいて心地いい。

今思えばずっと柚花は特別だった。でもそれを認めたくなくて妹だと自分に思い込ませていたのだ。

それに気が付いたのはご褒美として、大学に連れていった時だった。

俺は最終学年になり授業もほとんどなく、久しぶりの大学だった。

『へぇ～大学ってこんな感じなんだね』

多くの人が行き交う構内を柚花は興味深そうにきょろきょろしている。

『他の大学はわからないけど、いつもこれくらい人はいる』

『教室とか見られるかな？』

『授業をしてなければ大丈夫だ。行こう』

その後、空き教室を回ったり、グラウンドを見たり、図書室や生協なんかも巡る。

最後に寄ったカフェテリアで少し休憩しようと、飲み物を買って席に着いて話をしていると、そこにゼミの担当教授が通りかかった。

『ちょうどよかった、黒岩くん本を運ぶのを手伝ってくれ』

『あ、いや今はちょっと――』

『公士くん、私は大丈夫だから行ってきて』

にっこり笑う彼女の言葉に俺は甘えることにした。

『すぐに戻ってくるから、待ってろよ』

そう言って立ち上がると、教授の後に続いてカフェテリアを出た。

大量の本を運び終えて戻ると、柚花の座っている席の周りに数人の女子がいた。

知った顔も何人かいてあまりいい気はしない。

さてどうするかと近付いていくと、話し声が聞こえる。

『子どもがどうしてこんなところにいるの？』

『公士くんに連れてきてもらって』

『だからどうして、あなたみたいなお子さまが公士と一緒にいるの？　公士もこんな子の相手をするなんてどうかしてるわ』

余計なお世話だと口を挟もうとした瞬間、それまでおとなしくしていた柚花が相手の顔をまっすぐ見て口を開いた。

『私がお子さまなのは認めますけど、公士くんのことを悪く言うのはやめてください。ここには私がお願いして無理やり連れてきてもらったので』

姿勢を正し、年上相手でもきっぱりと言い切る姿は凛々しく、言われた相手はひるんでいた。

弱そうに見えても、強い意志を持つ。俺は柚花のそういうところに惹かれている。

惹かれてる？　五つも年下の女の子に？　しかも箱入りのお嬢さまだぞ？

瞬時に心の中で言い訳をした自分を笑う。そう思う時点ですでに柚花に心を奪われているということだ。

『はぁ？　なにその態度、生意気。さっきから気になっていたんだけど、バッグも洋服もそんなに高いものどうしたの？　もしかしてパパ活でもしているんじゃないの？』

そんなひどいセリフを聞いてハッとした。

『そこまでだ』

『え、公士？』

さっきまで威勢よくしゃべっていたのに、俺が現れた途端、女子たちの様子が一変し焦りはじめる。

『柚花、こっちにおいで』

彼女は無言で立ち上がると、すっと俺の背後に回った。俺は女子たちの視線から彼女をかばう。

『この子は俺の大切な子だ。汚い言葉を聞かせたくない。それと、俺が誰と付き合おうと赤の他人にとやかく言われる筋合いはない。二度と俺に話しかけるな』

『どうしてそんな、ひどいっ』

わめきたてる女を置いて、俺は柚花の手を引いて歩きだした。柚花は背後を振り返り『いいの？』と聞いてきた。

『いいんだ。俺が大事なのは柚花だから』

『うん……』

うつむいていて顔は見えなかったが、耳が赤くなっていて照れているのがわかる。

繋いでいた手に少し力を加えると、少し間があってから返事をするように握り返された。

その時に感じた言葉にできない気持ちは間違いなく恋愛感情で、一度気が付いてしまえば妹なんてとても思えなかった。

だから柚花が高校を卒業するまで待ち、彼女がずっと綺麗だと言っていた母親の形見である白い万年筆を渡して交際を申し込んだ。

その時の柚花の様子が今でも脳内に焼きついている。

『亡くなったお母さまの大切な形見でしょう？　もらえないよ』

『大切なものだから、柚花に受け取ってほしいんだ』

顔がゆっくりと赤くなっていき、はにかんだ笑顔を俺に見せた。手のひらに乗せてやると少し泣きそうになって、でもしっかり頷いてくれた。あぁ、やっぱりこの子が愛おしいと再認識した。

それからしばらく幸せな日々が続いた。そしてそれは永遠のものだと思っていたのに、ある日あっけなく俺の手から滑り落ちていったのだ。

彼女が叔父の勧めた見合いをすると聞いて驚いた。

しかも彼女の言った『公士くんに父の会社を守れるとは思わない』というセリフがあの時俺が抱えていたコンプレックスをダイレクトに刺激した。

彼女の言う通り、あの時の俺にはなんの力もなかった。非力な自分が情けなかった。

柚花の父親が亡くなってから一年間、俺は柚花を守るどころか、自分の身を守ることに必死だった。

音羽のひとり娘として誰よりも大切に育てられてきた彼女を、一般人の俺が守れるのかという不安がずっとあった。

それに加えて当時副社長だった柚花の叔父が、彼女を苦しめていた。目的はいろいろあるだろうが、一番は彼女と彼女の母親が相続した会社の株式だろう。

これまで父親の庇護のもとで暮らしていた母娘は、ふたりだけで生活できるほど自立していない。それにかこつけて柚花の叔父は後見人であるかのように振る舞っていたが、実際は自分の思う通りに母娘を支配していたのだ。

柚花の父親である社長が亡くなった後、副社長は社内の有力者を次々と自分の味方につけ逆らう者は父を筆頭に汚い手を使って排除していった。

父の話では出来のいい兄にずっと引け目を感じて生きてきたようだ。長年積み重なった負の感情が、兄が亡くなり解き放たれたのだろう。音羽社長の持っていたものすべてを奪うまできっとこの惨状は続くと、父は言っていた。

そしてそれは会社だけではなく、音羽家そのものにも影響を及ぼす。それが柚花の見合いだ。俺との関係があいまいなままで彼女が進んで見合いをするわけはない。おそらくあの男の差し金だと思い、なんとか接触を試みた。
しかし会社に行けば父の件もあり警備員を呼ばれた。面と向かって会えないのなら
ば、せめて話だけでもできないかと電話をしてみたが、取りつく島もなかった。
『柚花はお前みたいな出自のよくわからん男ではなく、立派な男と結婚させる』
卑屈になるような生き方をしてきたわけじゃない。でも力のなさに打ちひしがれて
いる状態の俺にはその言葉はかなりこたえた。
『柚花の幸せを邪魔してくれるな。海外に出て今後二度と音羽家に近付かないと約束
するならしっかりと柚花をサポートすると約束する。そうでなければあの子はここか
ら先不幸の一途をたどるだろうな』
怒りに任せて叫びそうになるのを、砕けそうなほど強く奥歯をかみしめて耐えた。
きっとあの男はどんな手を使ってでも、柚花を貶めるつもりだ。
俺たち親子につきつけた条件は国外退去。今思えば、柚花を孤立させるのが目的
だったのだろう。
今の俺ならそんなもの簡単にはねのけられた。
あの時は自分の周りの不穏な動きに対処することで精いっぱいだった。そして親友
と仕事を失い、酒浸りになっている父を放っておけなかった。

国内にいては、いずれ俺も父もダメになってしまう。そうなれば柚花に次になにかあった時に助け出すこともできない。

それに柚花は力のある人と結婚すると言った。彼女が決めたことを俺が無理やりやめさせるわけにはいかない。彼女のことだ、きっと悩み抜いた末の結論だろう。

もちろん俺が幸せにしたかった。しかしそれがかなわないならば、彼女の結婚生活がせめて幸せなものであるように祈るしかなかった。

だがもし彼女が次に助けを求めてきたら、全力で救い出し守りたい。もしもの時は必ずこの手で助け出すと決めた。

五年半の間、柚花のことを思い出さない日はなかった。けれど彼女の現状を知ろうとは思わなかった。もし彼女が幸せだと実感したら、俺は努力をやめてしまいそうだったから。次に助けてほしいと言われた時に、力不足だという恥ずかしい言い訳は二度としたくなかった。

知識、体力、人脈、地位や金。そのために必要なものを手に入れた時、ついにそれを使う機会が巡ってきた。

あの時『叔父の勧める相手とお見合いをすることに決めた』と言った彼女は、病気の母親とふたりで必死に生きていた。そしてまた叔父に人生を利用されそうになっている。

やっとこの手で彼女を救い出すことができる。今度こそは必ず幸せにする。

たとえ柚花の心がもう俺から離れていたとしても仕方がない。五年半前のあの日、彼女を救うことができなかったのだから。

それでもあれからずっと彼女のために生きてきた。少しでも力になれるならどんなことでもする。

そして再会した柚花は以前のはつらつとした彼女と違って笑顔が少なく、疲れがにじんでいた。

柚花は俺のプロポーズを受けない理由を『私ではあなたの隣に立てない』と言っていたが、本当はあの時助けられなかった俺になにも期待できないと思っているのかもしれない。

もしくは本当に相手にふさわしくないと思っているなら、その苦しみもわかる。以前は俺がそう感じていたからだ。

それに……母親や音羽家のことを思って俺との結婚を考えている彼女。信頼してもらえているとは思う。でもそこに恋愛感情はないのかもしれない。

今まで自己犠牲を払って生きてきた彼女だから、その可能性は大いにある。だから強引に自分のものにできないのだ。

一方的に押しつけられた気持ちが、迷惑でしかないことも、俺は実体験を通して知っている。

それでも自分の方を見てほしい、あわよくば自分と同じ熱量で思いを返してほしい。そう思うのは俺のわがままだろうか。

彼女はこれまでどんな思いで過ごしてきたのだろうか。もう少し早く彼女の近くに戻ってくるべきだったのではないかと自分を責める。

いろいろ考えながら彼女の手に触れた。白魚のように美しかった彼女の手はかさついていて、割れた爪が痛々しい。

彼女の努力がそこから感じられて、よく頑張ったんだなという気持ちと、守ってやりたかったという後悔が渦巻く。

過去を悔やんでも仕方ない。俺たちの第二幕は上がったばかりなのだから。

「なぁ、どんな夢を見ているんだ？」

できれば夢の中だけでも、俺は君のヒーローでいたい。そして君を傷つけるすべてのものから今度こそ守り抜く。

だからこれからは、俺の隣でずっと笑っていてほしい。

＊＊＊

家族以外の人との生活をしたことがなく不便を覚悟していたけれど、公士くんとの生活は快適そのものだった。もちろんそれは彼が気を使ってくれているおかげだ。

それでも戸惑うことはやっぱり多い。

一緒に寝るのもそうだけれど、公士くんとの適切な距離感が思い出せなくて、ドキドキしっぱなしだ。嫌じゃないけれど心臓が持ちそうにないと、彼にも伝えたのだけれど。

「別に思い出さなくてもいいだろ。これから慣れれば問題ない、そもそも結婚を前向きに考えている段階なんだ。恋人じゃなくて夫婦になるんだから昔と同じじゃ困る」

言っていることを理解できるような、できないような……首を傾げていると、彼が私の手を引っ張って、ソファに座る自分の膝の上に私を座らせた。

「夫婦になれば、夫の膝の上が妻の指定席だって知ってた？」

「し、知らない！　どうせ嘘でしょ？」

焦った私は手足をばたつかせて、脱出しようと試みる。

「嘘じゃないさ。俺が今日決めたから」

逃げ出そうとする私を捕まえる手に力がこもる。

「こうやって体に覚え込ませているんだ。夫婦になるっていうのはこういうことだって。だから少しジッとして」

優しく言われると、すぐに従ってしまう。相変わらず彼は私の扱いに長けている。

「ちょっとだけ……だからね」

「あぁ、ありがとう。疲れが吹き飛ぶ」

そんな大袈裟な……と思うけれど、私も彼と触れ合うことで満たされていくのを感じる。

彼の言っていることはあながち嘘ではないのかもしれない。

……でもやっぱり恥ずかしい。

派遣開始から三カ月後、私は無事に赤城クリエイティブの正社員となった。どうなるだろうかとドキドキしていたけれど、すんなりと採用が決まった。

公士くんには正社員登用についてなにも相談しなかった。彼は知っていたとしても知らないふりをしただろう。守られるだけの人ではいたくない、私が自分の力で生きたいと考えているのを彼は知っている。きっと私の希望を尊重してくれるはずだ。

辞令が社内システムで発表になり周知されると、隣の席の中島さんは自分のことのように喜んでくれた。

「よかったね！　無事に採用されて」

「ありがとう。実は心配していたからホッとした」

紹介予定派遣として勤務していたので双方に問題がなければ、正社員に登用される。それでも今まで自分の能力の低さに思い悩んでいたので返事を聞くまでは不安だった。

「私も旦那の転勤がなければ……と思うけど、今の働き方も気に入っているからね。それにこの会社は派遣社員にとっても居心地がいいしね」

中島さんの言う通り赤城クリエイティブでは、ライフスタイルに合った働き方を選択できる。言葉にすれば簡単だけれど、どこの会社でもできることではない。

正社員になって、今までやっていなかった仕事を任されることもこれから増えるだろう。

さらに赤城クリエイティブは、入社時と違う職種でも本人の希望と適正があれば異動が可能だ。学歴にこだわらないのも公士くんのおじいさまの時代からの社風らしい。

自分に合った形でやりたい仕事をできる職場というのは理想だ。

とりあえずはこれまでしてきた仕事をこなし、新しい仕事を覚えていく。やっていることはいつもと同じでも、やる気が体の奥から湧き上がってくるようだった。

いつにも増して精力的に働いていると、営業課長の唐沢《からさわ》さんが声をかけてきた。三十代後半の男性で穏やかな頼りがいのある人だ。

「音羽さん、中島さん。ちょっと相談にのってもらえる？」

彼は私たちの間に立ち、資料を広げた。

それは今度オープンする和食をベースにした創作コース料理のレストランについてだった。老舗の料亭がプロデュースする予定の店舗だ。

「料亭の方をうちで担当しているから、こっちも任されたんだけど。差別化が難しくて。ふたりともなんかいいアイデアない？」

「私たちにですか？」

突然聞かれて驚いた。彼は現場の写真や空間イメージ図、料理などの資料をデスクいっぱいに広げる。

「行きづまってるんだよね。なんだかピンとこなくて」

「そうですねぇ」

赤城クリエイティブで働き始めてまだ三カ月だ。それまで広告の仕事に携わったことはなく、正直、急に聞かれてもわからない。

それでもせっかくの機会なので一生懸命考えた。

レストラン、父が出店する時はどんな思いだったんだろう。考えを巡らせていると三宅さんがやってきて、必死に考えている私たちを笑った。

「ダメですよ、こんな子たちに聞いたって。そもそも高級店に行ったことすらないんじゃないですか?」

中島さんがわかりやすく眉間にしわを寄せて、不快感をあらわにした。場の雰囲気が悪くなり、唐沢さんが慌てる。

「三宅さん、そんな言い方は失礼だよ」

「でも本当のことじゃないですか。経験も知識もないし、そもそも音羽さんに至っては大学も出てないんじゃ、広告ターゲットの層から外れています。聞くだけ無駄ってものですよ。相談なら私の方が適任です。ほら、あなたたちは自分の仕事をして」

言われた私たちは素直に自分の仕事に戻った。

唐沢さんと三宅さんがいなくなると、隣から大きなため息が聞こえる。

「ほんとにあの女むかつく」

毒づいた中島さんを「まぁまぁ」と宥めた。確かにきつい言葉だったけれど、実際に私はなにも思いつかなかった。

広告って本当に奥が深いんだな。営業事務もやりがいのある仕事だけれど、いつか私も直接携われるようになるのだろうか。

まずはそのために今目の前にある仕事をしっかりこなすことが大切だ。そうは思うものの、先ほどの広告をどんな形にすれば世の中の人に興味を持ってもらえるのか、ふと考えてしまった。

昼休み。食事を終え、使ったマグカップを洗って給湯室から出ると、唐沢さんがこちらに向かって歩いてきていた。

「音羽さーん」

小走りで近付いてきた彼が、申し訳なさそうに手を合わせている。

「さっきはごめんね。嫌な思いをさせて」

「え、あぁ。気にしてませんから」

そもそも彼が悪いわけじゃない。仕事で行きづまっているなら、誰かと話をするのも大切だと思う。なにがきっかけでいいアイデアを思いつくかわからないのだから。

「三宅さん、自分に自信があるからか、なにに対しても決めつけるきらいがあるんだ。それで損をしているところもたくさんあるんだけどね」

いろいろと思うところがあったのか、難しい顔をしている。

「音羽さんさえよかったら、また意見を聞かせてくれるとうれしいな」

「はい。でもあまり役に立たない意見になるかもしれません」

「三宅さんの言葉を気にしてる？」

私はあいまいに微笑んだ。

「気にしなくていいよ。広告センスなんてものは学歴で磨かれるものじゃないし。そもそも我が社は実力主義だからね」

気遣ってくれる言葉に、うれしくなる。

「それに音羽さん、こう言っては失礼だけど……結構育ちはいいんじゃないの？」

「え、どうしてですか？」

不意に言われて驚いた。

「なんとなく。立ち居振る舞いとか知識とか。ほらこの間の輪島塗《わじまぬり》の話になった時、詳しかったから」

「たまたまですよ」

それは昔からいいものに触れさせてくれた両親のおかげだ。

「俺は学歴よりも本物を知っていることの方が、何倍も役に立つと思うから。これからもよろしく」

「はい」

私が頷くと、彼は軽く手を上げて行ってしまった。

なにかを成し遂げたわけではない。けれどこれまで自分が経験したことが役に立つと知ってうれしくなった。

「頑張ろう！」

小さくこぶしを握り呟いた。これまで労働は大変だと思っていた。今もそれは変わらないけれど、加えて楽しいとも思えるようになった。

仕事を終えた、十八時半。

今日は公士くんが早く帰ってくる予定なので、食事を作って待っていようと帰りに材料を買ってきた。

正直料理は得意じゃない。きっと公士くんの方が上手だ。

けれど少しずつでもできることはやっていきたい。彼に喜んでもらいたい気持ちもある。

集中しないと失敗してしまいそうなのに、気になるのは仕事のことだ。今日初めて意見を求められて、広告について考えていた。

これまでは、指示を受けた仕事に集中していた。でもこれからは自分の可能性を広げることも考えなくてはいけない。

でも〝広告作り〟がどういうものなのかわからない。つい最近正社員になったばかりだ。焦っても仕方ないと思う半面、赤城クリエイティブに入社するきっかけを与えてくれた公士くんの思いに応えたい気持ちもある。

じゃがいもを洗いながらぐるぐるそんなことを考えていて、公士くんが帰宅したことに気が付かなかった。

「柚花？　どうしたんだ、ぼーっとして」

突然目の前に彼が現れたので驚いて思わずのけぞってしまう。

「ご、ごめんね。ちょっと考え事していて」

「なんだ、なにか問題でもあるのか？」

彼の表情が曇ったので、心配させてはいけないと慌てて否定する。

「違うの。仕事のことで」

「なんだ、それならいい。仕事は悩みながらするものだから。そういう時はどうするのがいいか知ってるか？」

「ううん」

具体的に解決する方法があるなら知りたい。

「それはな。上司に相談することだ。ちょうどいいことに、ここにその上司がいるんだが、相談してみるか？」

彼がまた顔を覗き込んできた。でも社長って上司なの？　疑問に思うがここで話をしないのももったいないと思って今自分が考えていることを話してみた。

「広告のお仕事ってどうなれば成功なのかなって。もちろんクライアントの要望に応えるのが一番だけど、効果がないとダメでしょう？　そういう見極めやセンスっていったいどうすれば勉強できるんだろうって思って」

昼間の唐沢さんとのやり取りを話した。

「そっか。興味を持つのはいいことだな。仕事をする上でとても大切なことだ」

彼は視線を逸らしてなにやら考えている様子だ。なにか思いついたのか、私の手元に転がるジャガイモを見た。

「食事ってもう作りはじめてる？」

「ごめん、まだ野菜を洗っただけなの。急いで作るから、少し待ってて」

「いいや、それなら都合がいい。柚花の手料理は今度食べるとして、今日は外で食べよう」

驚いている私をよそに、彼はどこかに電話をかけはじめた。


そして一時間後。

「ここって今日唐沢さんが話していたお店だよね？」

「あぁ。新店舗はまだできてないから、代わりにここに連れてきた。さぁ、入ろう」

彼に言われるまま中に入ると、五十代くらいの着物姿の品のいい女性が出迎えてくれた。

「いらっしゃいませ」

「すみません。急に無理を言いまして」

「いえいえ。赤城の若さまが来てくださるなら夜中でも席を設けますから、いつでもおっしゃってください」

「若さまはやめてくださいよ」

公士くんと女性の会話を聞きながら、後ろをついていく。趣のある歴史を感じるインテリアに興味が引かれる。

個室に通されて公士くんと向かい合って座った。

「すごく手入れが行き届いていて、落ち着くね」

飾られている壺やかけ軸はどれも一級品だ。にもかかわらず、各々が主張するわけでもなく周りと調和している。

「今、柚花が肌で感じて頭の中で考えていることすべてが、広告作りに繋がる。時間を惜しむことなく体験する。それがとても大事なんだ」

「うん。わかった」

確かにデスクではたくさんの資料を見た。情報量としてはあちらの方が圧倒的に多い。けれどそれだけでは、決していい広告は作れないということも今なんとなくわかった気がする。

「経験に勝るものはないからな」

紙面や数字だけではわからないものがある。顧客からの要望をうまく盛り込むためには、自分の肌で感じるのが手っ取り早い。その方が見る人に伝わりやすく、最大の広告効果が得られるのだ。

そう彼が教えてくれた。今後この業界でやっていくための基礎となるだろう。

「公士くん。畑違いの業種なのにすごいね」

確か彼が赤城クリエイティブの社長に就任したのは二年前。それまでは会計士として働いていたので、広告に関してはあまり詳しくないと思っていたのに。

「一応社長だからな。数字だけ見て経営をする人間にはなりたくなかったんだ」

大会社を任された時のプレッシャーはいかほどだっただろうか。未知の業界の仕事を代表という立場で引っ張っていくのは言葉にできないほど大変だろう。

私の知らないうちに彼はどんどん立派になっていっているんだ。彼が赤城クリエイティブを継いだのは、創業者の孫という理由だけではない。彼には会社を背負っていけるだけの器があったからだ。

すごいと思うと同時に、置いていかれるような気持ちになってしまう。

「なんでそんな浮かない顔してるんだ？」

素直に今の気持ちを伝える。

「いや、公士くんって本当にすごいなって。今だって私が悩んでるって言ったらすぐにここに連れてきてくれて」

「これは半分は下心だから、そんな風に褒められると気まずい」

「なにそれ？」

笑いながら軽くにらむ。

「柚花は今、お姫さま扱いされて甘やかされたいわけじゃないだろう？　俺は柚花の欲しいものを差し出して点数を稼ぎ、感謝してもらって少しでも好感度を上げときたいんだよ」

冗談めかした口調でニコッと笑うその顔を見て、効果てきめんだと思う。

細やかな気遣いをしてくれて、どうしたら私が喜ぶのかをよく知っている。

だからこそ、毎日毎日彼に惹かれていっている。長年抑え込んできた好きの気持ちがあふれ出したら、止まらなくなりそうで怖い。

「公士くん、ありがとう。私頑張るね」

気合を入れた私の頭に彼が手を伸ばし、優しく撫でてくれた。スキンシップに少しずつ慣れてきたとはいえやっぱり恥ずかしい。だけど心地よくて拒否はできない。

「無理だけはするなよ。それと早く自分のことを好きになって自信を持て」

彼の優しく温かいまなざしに胸がドキッとした。

でも彼のその言葉は、結婚を承諾させるためのもの。そうわかっていても、ドキドキする気持ちは抑えられない。

「すぐには無理だよ」

「そんなことはないだろう。さっさと俺のものになれよ」

なにも考えずにそうできれば楽だ。しかしそれではまた彼におんぶにだっこになってしまう。

もう少し自信がつくまで待っていてほしい。どんな困難があっても強く生きていけるように。

直接彼に伝えることはできず、私は心の中で呟いた。

翌日、いつも通り公士くんが先に出勤してから、軽く家事を済ませて家を出る間際だった。バッグの中でスマートフォンが震えた。こんな時間にかかってくる電話はあまりいい予感がしない。画面を確認すると叔父からだった。

憂鬱な気持ちになりながら、通話ボタンとタッチすると第一声は《遅い》だった。

「ごめんなさい」

《本当にお前はのろまだな》

いつもの嫌みから電話は始まった。

《おい。結婚の話はいったいどうなっているんだ》

「それは――」

この件については公士くんから叔父に連絡をしてもらっていた。もう少し仲よくなってから具体的な結婚の話を進めると。だから叔父も四カ月ほど待っていたのだ。

しかし気の短い叔父は、遅々として進まない話に業を煮やして、私に電話をしてきたようだ。

《まさか、今さら結婚しないなんて言い出さないだろうな。母親の面倒を見てもらってそんな不義理ができると思うなよ》

叔父は母の施設を公士くんが手配してくれたのを知っていた。それだけ私に入れ込んでいるのだろうと喜んでいたのだが、結婚の話自体が一向に進まないので焦っているのだろう。

「まだなにも決まっていないの」

そう答えるしかない。私の気持ちが固まらない以上、この話は前に進まないことになっている。

彼と一緒に暮らしはじめて幸せを感じるとともに、臆病にもなる。もしまたなにかあって彼と離れることになったら私は耐えられるのだろうか。この叔父の存在がいつも私を脅かす。

父が亡くなった後、周囲にいた人たちがまるで潮が引くかのごとくいなくなった。

最後まで支えてくれた公士くん親子は私たちのせいで多くの苦労をした。

その時の恐怖がよみがえってきて、身動きが取れなくなる。

なにも考えずに彼の腕に飛び込めれば、どんなに幸せだろうか。

しかし叔父はそんな私の気持ちなど、つゆほども考えていないだろう。

《なんだと！　こっちはお前たちの結婚を見越していろいろ事業を動かしているんだ。失敗は許さんからな》

すさまじい怒鳴り声の後、ツーツーという電子音が聞こえ通話が終わる。

私の結婚を見越して事業を？　やっぱり赤城の名前を利用する気満々なのだ。

それを知って気持ちが滅入る。公士くんに相談した方がいいかと悩んだが、身内の恥をこれ以上さらしたくない。

私にとってはあっという間の四カ月だったけれど、叔父にとっては長い四カ月だったのだろう。

はぁ……どうしたらいいの。

いつまで叔父の横暴に耐えなくてはいけないのだろうか。

朝から最悪の気分になりながら、私は仕事に向かった。

「音羽さん、この仕事手伝ってもらってもいい？」

「はい」

呼ばれた先のデスクの上にあったのは、先日〝相談〟という形で持ちかけられた案件だ。

「実は君からもらったアイデアが採用されたんだ。だから部長に相談して君に手伝ってもらうことにした」

「本当ですか？」

うれしくていつもよりも大きな声を出してしまった。慌てて口元に手を当てて自分の席に戻った。デスクの引き出しを開けて、そこにあるピンク色のマカロンを見て頬が緩む。

先日上司に許可をもらい、例の企画書を見よう見まねで作っていた時。通常業務も行い、加えて慣れない企画書作りに苦労していた。

ふとバッグの中を覗くと、見慣れないものがあった。マカロンだ。たったひとつ、それはなにかを訴えかけるように入っていた。メッセージもなにもない。

でも誰がどんな目的で入れてくれたのかはわかる。マカロンを見つめると自然と公士くんの顔が思い浮かんできた。

「頑張れ」って言われているような気がした。

そんな応援もあって、うまくできないなりにも初めて企画書を自分で作り上げることができた。それが今こうやって認められたのだ。

昼休みにうれしくなって【プロジェクトのお手伝いをさせてもらえることになった】と公士くんにメッセージで伝えると【おめでとう】と返事があった。

その日はプロジェクトの顔合わせなどがあり、いつもよりも帰りが遅くなってしまった。心地よい疲れを感じながら玄関のカギを開けると、そこには公士くんの靴があった。

あれ、公士くんもう帰ってきてるんだ。

普段忙しくしている彼だったが、時々意図して早い時間に仕事を切り上げることもある。昔から休むのも仕事のうちだと言っていたし、今も変わらず実践しているのだろう。

最近の公士くんは出張や接待などで連日あちこち飛び回っていた。ろくに睡眠時間も取れていなかったのは、一緒のベッドで眠る私だから知っている。

「ただ――」

リビングで声をかけようと思ってやめた。ソファから彼の足がわずかにはみ出しているのに気が付いたからだ。

そっと近付き、膝をついて彼の様子をうかがう。彼は気持ちよさそうに寝息を立てて眠っている。目の下に少しクマができていて、どれほどハードスケジュールだったのか伝わってくる。

昔からなんでもできる人だったけれど、そんな彼でもあの大きな会社を動かしていくとなるとこんなに疲弊するのだ。その上、私との結婚話という厄介事も抱え込んでしまっている。申し訳ないな。

落ち込みそうになり、慌てて気持ちを切り替えた。夕食を作ってから彼を起こそうと思い、立ち上がろうとした瞬間、背後から手を引かれて体勢を崩す。

気が付くと私は、体を起こした彼の膝の上に座っていた。

「きゃあ」

「おかえり」

耳元で声がしてゾクリと体が震えた。熱い吐息を耳に感じて、ドキンと胸が大きく鳴る。

彼の方に顔を向けると、近くに均整の取れた美しい顔があって、またもや心拍数が上がる。

「起きていたの？」

緊張からわずかに声が裏返る。

「あぁ、柚花が俺の顔をあんまりにも見つめるから目を開けられなかった」

「もう。狸寝入りなんて趣味が悪い」

私は彼の手から逃れるために立ち上がろうとした。しかし彼はそれを阻むかのように私の腰に回している手に力を込める。

「もう少しだけ、いいだろ？」

「す、少しだけだからね」

恥ずかしくて拗ねた言い方をしてしまう。しかし彼は楽しそうに笑ってますます腕の力を強めた。

「それよりも、プロジェクトの参加おめでとう」

「ありがとう。とはいえアシスタントなんだけどね」

「でも自分がやりたいと思った仕事だろう？　それを努力で勝ち取った柚花は偉いよ」

どんな些細なことでも褒めてくれる。いつも私は彼の言葉に励まされ、支えられている。

「誰かがマカロンをくれたの、頑張れって。だからそのおかげかな」

「誰だ、そんな気障《きざ》なことをするやつは」

お互いわかっていて知らないふりを続ける。

「誰だろう。でもそのおかげで頑張れたの。だから会ったらお礼を言いたいな」

公士くんの顔を見つめて「ありがとう」と言う。

すると彼は満足そうに微笑んだ。

彼の膝の上に座っているので距離がすごく近い。ゆっくりとお互いの顔が近付いていく。キスの予感がして目を閉じかけた瞬間、ローテーブルの上に置いてあった彼のスマートフォンが鳴りはじめた。

びくっと肩を震わせて私は公士くんからパッと離れ、そして彼の膝から飛び下りる。

「別にあのままでよかったのに、残念」

「そういうわけにはいかないから」

私は彼のスマートフォンを手に取ると、彼に渡した。

「私、ご飯作るね」

熱くなった頬に手で風を送りながら、私はキッチンに向かった。

——あと少しで唇が触れそうだった。

昼休み食事を終え、まもなく午後の仕事に取りかかる時間だ。

気を抜いていたせいか、昨夜の出来事が頭をよぎる。

ついつい気持ちが昂ってしまい流されてしまった。今思い出しただけでも胸がドキドキする。

物思いにふけっていたところに、昼休憩を終えた同僚たちが帰ってきた。

ダメダメ、気持ちを切り替えないと。午後からもやらなくちゃいけないことがいっぱいあるのに。

正社員になって仕事の幅も広がり量も増え、自分の能力のなさに打ちひしがれることもある。それでも新しく学びそれを生かす仕事はとてもやりがいがある。

昔の私が聞いたらびっくりするはず。だってあの頃は本当になにもできなかったもの。どれだけ両親や公士くんに守られてきたのか今ならよくわかる。

「音羽さん忙しそうだけど、あんまり無理しないでね。なにか手伝えることがあったら言って」

隣の席の中島さんとは随分親しくなった。私が大変そうにしているといつもさりげなく手伝ってくれる。本当に仕事ができる人だ。私ももっと周りを見て行動しなくちゃいけないな。

プロジェクトは順調に進んでおり、クライアントの感触も満足のいくものだった。

各部署とのやり取りも増えたけれど、充実した仕事ができている。

しかし順風満帆だと思っていた時に、アクシデントが起きた。

電話応対が長引いてしまい、打ち合わせの時間ギリギリに資料やペンケース、タブレットを抱えて歩いていると、三宅さんに声をかけられたのだ。

「音羽さん、給湯室の掃除しておいてくれる?」

「はい、わかりました。今から打ち合わせがあるので、それが終わってから――」

「今すぐしなさい。汚くて他の人が迷惑するから」

そう言われても、打ち合わせの相手を待たせるわけにはいかない。

「あの、でも――」

言い分を伝えようとするが、三宅さんが話を遮る。

「私の言うことを聞いていればいいのよ。少し仕事を任されるようになったからっていい気にならないで」

「そんなことは。あっ」

肩を押された時にタブレットの上にのせていたペンケースが床に落ち、中身が周囲に散らばってしまった。

その中には公士くんからもらった万年筆もある。

それが三宅さんの足元に転がった。彼女がかがんでそれを拾ってくれる。

「ありがとうございます」

手を差し出す私を無視して、彼女はまじまじと万年筆を見ている。

「古くさいわね。こんなゴミみたいなものを使っているなんて」

その言葉に、思わず感情的になってしまった。

「訂正してください。それは私にとって大切なものなんです！」

自分でも驚くほど大きな声が出た。

それまで言い返したことのなかった私が強い態度に出たので、三宅さんはたじろいだ。しかしすぐに怒りをあらわにした。

私の言葉が火に油を注いでしまったらしい。

「な、なによ。こんなもの」

彼女が万年筆を床にたたきつけようとしたところでその場に居合わせた唐沢さんが止めに入り、彼女の手から万年筆を取り上げた。

「ふたりとも落ち着いて。周囲の迷惑も考えなさい」

間に人が入ったことで、お互いこれ以上はなにも言えなかった。

「はい。申し訳ありませんでした」

私は頭を下げたが、三宅さんは怒りがまだおさまらないようで、私をにらみつけると自分のデスクに戻っていった。

はぁ……失敗した。でもあの万年筆はすごく大切なものだから、あんな風に言われて我慢ができなかった。

「すみませんでした」

私はもう一度、周囲の人たちに謝罪する。職場で騒ぎを起こしてしまうなんて。

「災難だったね。給湯室の掃除は私がやっておくから、打ち合わせ頑張って」

中島さんの言葉に甘えて、私は打ち合わせに急いで向かった。

会社でなにをやってるんだろう。自分の感情を制御できずに落ち込む。これまでどんなに理不尽な目に遭っても、我慢できていたのに。

あ、万年筆。どこにいったんだろう。打ち合せが終わったら探さないと。

後ろ髪を引かれる思いだったけれど、私はどうにか気持ちを切り替え仕事に励んだ。

「はぁ、困ったな。どこに行っちゃったんだろう」

万年筆がたたきつけられそうになった時、たしか唐沢さんが三宅さんの手から取り上げてくれたのは覚えている。もしかしたらまだ持っているのかもしれない。

私が打ち合わせから戻った時には、唐沢さんはすでに外出しており直帰する予定になっていた。電話で聞いてもいいのだが、ただでさえ迷惑をかけたのでわざわざ時間を取らせるのは申し訳ない。

明日、会社で聞くしかないかな。

いつも持ち歩いていた大切なものが手元になくて落ち着かない。あの時感情的にならなければすぐに返してもらえたかもしれないのに。

打ち合せの後、部長から厳重注意を受けた。感情を抑えられなかった自分も悪いので、落ち込んだまま自宅に帰る。

すぐにシャワーを浴びて、軽い食事を済ませるが、なにもやる気が出ずにぼーっとしてしまう。

すると玄関のドアが開く音がしてすぐにリビングに公士くんが顔を見せた。時刻を見たら十九時半。彼にしては随分帰りが早い。

「おかえりなさい。ご飯食べる？」

「いや、済ませてきた。それよりもここに座って」

「うん」

彼はソファに座ると、私に隣に来るようにと促した。なにやら真剣な表情に素直に座る。

「今日、仕事中にトラブルがあったみたいだね」

まさか社長である公士くんの耳にまで届いているとは驚いた。できれば知られたくなかったけれど、私が従業員である以上仕方のないことだ。

「うん。部長から厳重注意を受けました。以後気を付けます」

「反省してるなら、そのことに関してとやかく言うつもりはないんだ。ただ少し気になることがある」

彼がスーツのポケットに手を入れ、中からなにかを取り出した。

「原因はこれ？」

「あっ。どうして公士くんが持っているの？」

彼が取り出したのは、私の万年筆だ。てっきり唐沢さんが持っていると思っていたのに。

「部長が仲裁した人から預かっていたみたいで、俺のもとに持ってきた」

「そうだったんだ。よかった」

部長は数少ない私と公士くんの関係を知っている人だ。

「どうして、十年以上も前に渡したこれをまだ持ち歩いているんだ？」

彼に聞かれて、どう答えたらいいのか悩む。気に入っているからと言ってごまかすべきだろうか？

「それは――すごく……そう、書き心地がよくて」

「インク入ってないみたいだけど」

「あっ……」

言いわけが思いつかずに言葉が続かない。もし大切にしてきたと言ったら、私が彼のことをずっと好きだったと自白するようなものだ。こんな重い気持ちを打ち明けていいものだろうか。きっと、この気持ちを伝えたら私たちの結婚は急スピードで進むだろう。

本当にそれでいいの？　覚悟はできているの？

「なにも答えないってことは、別に必要なものじゃなかったってことだな。これは返しもらって、俺が新しいのをプレゼント――」

「ダメ」

私は彼の手に握られている万年筆を無理やり取り返そうとする。しかし彼にそれを阻まれた。

五年半もの間ずっと心の支えにしてきたものだ。公士くんがいない心の隙間を埋めてくれた。今本人が目の前にいるからといって、この万年筆に込められた思いの代わりにはならない。

「じゃあ、答えて。どうしてこれをそんなに大切しているのか」

私はもう観念した。必死になって取り返そうとしている時点で、それがどれほど大切なものなのかを示しているようなものだ。

「俺がプレゼントしたものだから？」

ゆっくりと頷いた。そしてそれと同時に涙がこぼれた。

たくさんのものを手放した。しかしこの万年筆だけは絶対に失いたくなかった。彼のお母さまの形見のこの万年筆。彼が告白してくれたときに譲ってもらったものだ。あのときは本当にうれしかった。

すると公士くんが私を引き寄せてギュッと抱きしめて、髪に顔をうずめた。

「柚花には悪いけど、俺今すごくうれしい。離れている間、柚花も俺のことを忘れずにいてくれたんだろう」

少し上擦った声が、彼の興奮を伝えてくる。

これまでずっと隠してきた気持ちだ。今でも自分は彼にふさわしくないと思う。叔父のことだってなにひとつ解決していない。だけど彼のうれしそうな様子を見て、自分の心の内をこのまま隠しておけないと私は覚悟を決めた。

深く息を吸い込んでから、今までずっと胸の中にしまってあった想いを彼に伝えた。

「忘れられるはずないじゃない。ずっとずっと心の真ん中にいるのに」

「柚花……」

彼がゆっくりと私の名前を呼ぶ。その声に反応して体の芯が震えた。

「ずっと、あの日柚花を助けてやれなかったことを後悔していた。再会した後も今さらなにしても遅いんじゃないかと迷っていた。もう俺に対してなにも期待してないんじゃないかと思うこともあった。だから復讐に利用するなんてせこいことを言ってなんとか柚花を手元に置きたかった」

「そんな、私は公士くんに失望したことなんてただの一度もない」

私は彼がそんな風に思っていたのを初めて知った。私の態度が彼を不安にさせていたのだ。なぜもっとちゃんと話を聞かなかったのかと後悔する。

「柚花。今でもその万年筆は大事？」

彼は腕を緩め、私の顔を覗き込んできた。

それは「今でも俺が好きか？」と聞かれているようだった。私は迷いなく頷く。

「なによりも、大切に思ってる」

自分の素直な気持ちを伝えた。もうこれ以上は我慢できない。

「それなら俺を受け入れて。他になにも考えなくていい」

こんな風に好きな人に乞われて私の胸は喜びで張り裂けそうだ。

「でもまだいろいろと解決しないといけない問題があるのにいいのかな？」

私の言葉に彼は頷いた。

「そんなものは、お互いの好きっていう気持ちがあればどうにかなる。俺が強くなれるのは、柚花からの愛を感じられる時だ」

なんとしても私を守ろうとする強い意志。それを感じて私はこれまでで一番の幸福で満たされる。

「どうか俺の手を取って。柚花の人生を一緒に歩ませてほしい」

「公士……くん」

目頭が熱くなってぼろぼろ涙があふれる。嗚咽をこらえることができずに、かき乱され痛む胸にこぶしを当てた。

もうこれ以上、気持ちを閉じ込めておくことができない。

また彼を音羽家の問題に巻き込むことになったとしても。彼と離れることはできないと実感する。

「柚花への好きっていう想い、それだけで俺は離れている間もがむしゃらに頑張ってこれた。柚花が俺を受け入れてくれるなら、怖いものなんてなにもない」

私を抱きしめる強い腕に、彼の熱い想いに、胸が震えた。

頑なだった私の心が解《ほど》けて、彼への思いがあふれ出す。

「好き。ずっと公士くんだけが好きだった」

私の言葉に、彼が一瞬息を呑んだ。

「柚花」

もう一度強く抱きしめられた後、彼の大きな手のひらが私の頬に添えられる。

「やっと——やっとだ。愛してる柚花」

彼はゆっくりとその綺麗な顔を私に近付けた。

私はそれに応えるように、目を閉じた。

唇が重なる。二度三度と触れ、そのたびに深くなっていく。彼の手が私の背中を支えさらに貪欲に求めてきた。

気が付いた時には、私は彼の首に腕を絡めて熱いキスを受けていた。

「ずっと、こうしたかった。手で唇で柚花に触れたかった」

キスの合間に交わされる、熱のこもった会話に体が熱くなる。

「私、公士くんのところに戻ってきたんだね」

もう二度と会えないと思っていた。彼の人生を守れるならそれでいいと思っていた。

でも実際に彼を目の前にすると、どんどん貪欲になっていった。彼の隣に胸を張って立てるような人になりたい。まっすぐに愛を伝えたいと。

自分になにができるかはまだわからない。今も公士くんに与えてもらったチャンスを生かそうと努力している途中だ。

「そうだ、もう逃がさない。柚花が変わりたいと思っているなら、俺はそばで見ているから。だから俺の愛を受け止めてくれ」

彼の真剣なまなざしに乞われた私は、彼の両頬に手を添えて口づける。

「好きです。ずっと好きだった」

これまで勇気を出せないでいた私は、自分の気持ちを伝えることを恐れていた。彼を音羽家の問題に巻き込みたくないし、自分が彼にふさわしくないと思っている。

――でももう彼に対する好きっていう気持ちが抑えられない。

「柚花……俺も柚花が好きだ。もう二度と離さない」

ギュッと抱きしめられた次の瞬間、私は彼に抱き上げられていた。

行先は聞かなくてもわかる。彼にギュッとしがみつき胸のドキドキをごまかした。

公士くんはいつもよりも少し乱暴に寝室のドアを開けると、私をベッドに優しく下ろした。

そしてそのまま乗り上げて、私の唇を奪う。

「がっついて悪い。でももう〝待て〟はごめんだ」

「うん」

私は会えなかった間の彼の熱い思いを、彼の腕の中で思い知ることになる。

彼はこんなに情熱的だっただろうか。

かつて恋人だった公士くん。私の恋愛経験は彼だけ。恋人になる前からの付き合いもあるから、彼のことは理解していると思っていた……はずなのに。

「んっ……」

息継ぎすら許さないほどのキス。その間に「好きだ」と囁かれると、思考も体も溶かされていく。

視線や吐息、甘い声に大きな手のひら、濡れた舌先。彼の体のありとあらゆるものサマーニットの裾から侵入していた手が、もどかしげに服をはぎ取る。素肌を見せるのは初めてではないのに、羞恥心で体が熱い。

公士くんの熱のこもった視線が、私の体に火をつける。

「少し、痩せたな」

一糸まとわぬ私の体の上を、彼の長い指が形を確認するかのように滑っていく。

「ん……くすぐったい」

最後に彼に素肌を見せた時よりも、確かに痩せた。あの頃と違いボディメンテナンスもしていない体。

「あまり見ないでほしい。自信ないから」

好きな人に見られるなら、少しでも綺麗な自分でいたい。しかし公士くんはその願いを聞き入れてくれない。

「無理言わないでくれ。俺は五年半も我慢したんだ。ずっともう一度柚花を自分の腕で抱きしめたいって思っていた」

隠すことなくぶつけられる感情が、また私を揺さぶり昂らせる。

「私だって、そう思ってた」

が私を昂らせた。

彼が恋しくて泣いたのは、一度や二度じゃない。全部捨てて彼のもとに向かおうと何度思ったことか。

でも、できなかった。彼の幸せを願っていたから。

「それなら、もう遠慮はしない」

彼の目が鋭く光ったように見えた。

私がゆっくりと頷くと、熱を帯びた彼の体が私に覆いかぶさってきた。

汗ばんだ彼の背中に腕を回し、ギュッと抱きしめる。密着する体が発する熱がお互いを溶かしていく。

「柚花……好きだ。ずっと言いたかった」

胸がキュッと音を立てる。体の芯がしびれていく。

「会えなくてもずっと変わらなかった。俺が欲しいのは柚花だけだ。今までもこれからも」

その言葉を聞いた時に、今まで頑張ってきてよかったと思った。つらい日や悲しい日、何度も彼を思い出した。

でも今、彼の腕の中で幸せな時間を過ごしていると、あの時の選択もすべてが間違いだったわけではないと思える。

今、彼がここにいる。私を抱きしめてくれている。

激しい彼の愛に溺れながら、これ以上ないほどの幸福を味わう。

「公士くん……んっ」

吐息交じりで、うまく言葉にならない。それでも私はどうしても伝えたい。

「好き……好きなの。ずっと公士くんだけが好き」

「……っ、柚花っ」

彼の甘い声で名前を呼ばれ、体が歓喜に震える。

ふたりだけの甘い時間に溺れながら朝を迎えた。

＊　＊　＊

疲れ切って眠ってしまった柚花の顔を覗き込む。あどけない寝顔は先ほどまで見せていた女の顔と違い、俺の中の庇護欲をかき立てる。

手加減ができずに少し無理をさせた自覚はある。そのぶん明日の朝は柚花の好きなパンケーキを作って機嫌を取ろう。

うれしそうに頬張る姿を想像して思わず笑ってしまった。

ここ最近の俺は、気を抜くとすぐに頬が緩む。自分の生活の中に柚花が存在することでこんなに変わるのかと驚く。

一度失ったと思っていたから余計にそう感じるのかもしれない。過去に失ったものの大きさを知った時には取り返しがつかなかった。

今日、この腕で彼女を抱けたのは奇跡だ。

俺にとって柚花はいつだって庇護の対象だった。出会った時から付き合いはじめてもなおそれは変わらなかった。

しかし再会後の柚花は違った。自分で考え、自分の足で立ち、努力し続けている。

その姿を見てますます守ってやりたくなった。ひとりではどうしようもない時に、一番に頼ってもらいたい。

今抱えている悩みを、彼女が望む形で取り除いてあげたい。俺はそのためにこれまで努力し続けてきたのだから。

この五年半、ずっと後悔していた。だから俺にとっても柚花との結婚は過去の失敗を取り戻すいいきっかけになるだろう。

俺たちの未来にひとかけらの憂いも残さないように、綿密に計画して動き出さなくては。

今まで苦労したぶん、柚花を幸せにしたい。もちろんその隣にいるのは俺だ。

ぐっすりと寝ている彼女が、もぞもぞと身を寄せてきた。腕を伸ばし抱きしめると胸の中にすっぽりとおさまる。

この幸せは絶対に守ってみせる。彼女の頭にキスを落として誓った。

＊＊＊

翌朝、目が覚めてもふたりともベッドにもぐったままだった。見つめ合い囁き合い、時にキスを交わして笑い合う。

ふたりだけの世界はとても幸せで、公士くんは「できるならずっとこのままでいたい」と私を抱きしめた。

しかしお互い空腹には勝てずに、もそもそと起き出してブランチを楽しんだ。いつもは向かい合って食べていたのに、ダイニングの椅子が今日は隣同士に並んでいる。

「この方が近くで食べられるから」

そんな公士くんの意見にもちろん賛成し、隣であれこれおしゃべりしながら食べた。

彼が作ってくれたパンケーキは、今まで食べたどんなものより美味しかった。

シャワーと着替えを済ませた私を、彼はダイニングの椅子に座るように促した。

「これ、一緒に書こうか」

そう言われて彼が差し出したのは、婚姻届だ。

「随分準備がいいんだね。驚いた」

「もうためらう理由はないよな。すぐにサインをしよう」

初めて見る用紙をまずは確認する。

証人の欄には、母と赤城クリエイティブの会長である彼の祖父の名前があった。ここにきて私は赤城家の人に一度も挨拶をしていないことに気が付く。こんな大切なことを忘れるなんて……。

「これ、おじいさまのお名前があるけれど、私たちの結婚をどう思ってらっしゃるの？」

「あぁ。そこにサインしてあることがすべてだけど。でもそれじゃ柚花は不安になるよな」

私が頷くと、隣に座った彼が話してくれた。

「母と父は駆け落ち同然で結ばれたって話は聞いたことある？」

「うん、黒岩のおじさまから少し」

「赤城は見ての通りの資産家だから、ひとり娘の母が亡くなった後に血の繋がった俺を跡取りとして望んだんだ。ほら、俺は母親似だからじいさんも懐かしくて、赤城と養子縁組してからは結構かわいがられてる。じいさんは俺に母と同じように駆け落ちなんてされたくないみたいだな。だから結婚は俺の好きにさせるって。これで大丈夫？」

「はぁ……うん。わかった」

とりあえず彼と赤城の家との関係は良好のようだ。結婚も彼自身の意志でして問題ないということは理解した。

「ただ今は北海道《ほっかいどう》で隠居生活を送っているから、会うのはもう少し先になる。とりあえず今度、電話で話してみるといい」

「う～緊張する」

「赤城クリエイティブの会長だと思うからだろ。普段は孫を大切にする普通のじいさんだから」

そうは言われても初めて話をするのだ。絶対に緊張する。

「ねぇ、なにを話せばいい？」

公士くんは私を見て笑っている。

「別に今すぐ話をするわけじゃないんだから。柚花が今すぐするのは婚姻届にサインだろ?」

そう言って彼が渡してきたのは、あの万年筆だ。

「これでサインしてほしい。新しい俺たちの関係が始まる大事な書類だから」

「うん」

どうやら彼は万年筆のコンバーターを新しいものに交換して、インクも入れおいてくれたらしい。こういう細やかな気遣いがとてもうれしい。

万年筆を持つと姿勢を正した。これまでたくさん名前を書いてきたけれど、今日が一番緊張している。

音羽柚花——生まれてからこれまでの私の名前。

この届を出したら私は赤城柚花になる。公士くんの妻となるのだ。

第六章　代えのきかないマグカップ

お互いの想いが通じて、やっと結婚の決意をした。

この数日間、目が合うとなんとなく照れくさくて、でもうれしくて一緒にいるだけで幸せを感じていた。

私たちは正式な入籍の報告を、今日施設にいる母にする予定になっている。

彼の作った朝食を食べて、急いで身支度を整えた。

サックスブルーのノースリーブのワンピースに、白いカーディガンを羽織る。結婚の報告に行くので、いつもよりも少しだけおしゃれをしてみた。

「柚花、今日の服とっても似合ってるよ」

着替えを済ませてリビングに行くと、公士くんが開口一番褒めてくれる。彼は私のほんの少しの努力さえ見逃さない。

「ありがとう。変じゃない？」

「もちろん」

彼は私を引き寄せると、こめかみにキスをひとつ落とした。

「ブルーも白も似合うから、今度買うのはその色にしよう」

「待って。もう私のクローゼットいっぱいなの。買ってもらっても困るからね」

つい先日も彼が買った洋服が届いたばかりだ。体はひとつしかないので、正直持て余している。

「いいだろ。俺がかわいい柚花を見たいんだから」

もう一度こめかみにキスが落ちてきた。彼は多分まったく反省していない。きっとまた大量の洋服が自宅に届けられるに違いない。

「洋服が入り切らないなら、引っ越すかな」

「ねぇ、真剣な顔で冗談言わないで。プレゼントはうれしいけどほどほどにしてね」

「わかった。じゃあ、今度は一緒に買いに行こう」

それって本当に反省しているのだろうか。でもまあ一緒に行けば、買いすぎることはないだろう。私はそれで納得した。

「あ〜でも、もう一個柚花に内緒で買っているものがあるんだ」

「もう。これで最後にしてね」

あきれたけれど、私を喜ばせるためだと思うと強く言えない。

「それは約束できないな。ちょっとこっちに来て」

彼に言われるまま、ソファに座る。

するとと彼がリビングのチェストからなにかを取り出し、持ってきた。

彼がロイヤルブルーの箱を差し出し蓋を開けると、そこにはきらきらと眩しく輝くダイヤモンドがついた指輪があった。

「手を出して」

「あ、うん」

突然目の前に出された予想外のプレゼントに驚き、言われるままに左手を差し出す。

すると彼が私の指に指輪をはめてくれた。

「どう？　気に入った」

「うん」

「どうした？」

「ご、ごめんなさい。なんだか感動して言葉が出なくて」

目頭が熱い。ここのところ、彼の前で泣いてばかりだ。

「昔、柚花に指輪をねだられたことがあっただろう。その時『結婚することになったらな』なんて言ったのを、後悔していたんだ。やっと渡せてうれしい」

「そんなこと、覚えていてくれたの？」

「もちろんだ。俺が柚花のことで覚えてないことなんてひとつもない」

まじめに断言されて驚いた。

「約束を果たせてうれしいよ。見合いの日の帰りにオーダーしたんだ」

それを聞いてびっくりした。

「私あの時、断ったよね。それなのになんで？」

「確かにそうだったけど、最終的にはどんな手を使ってでもOKさせるつもりだった」

「あきれた」

「でも実際、柚花は俺との結婚を決意したんだから問題なしだ」

彼はウィンクすると、左手の薬指にはめた指輪にキスを落とした。

「約束の指輪。柚花が俺のものだっていう証」

「ありがとう。夢みたい」

本当に夢のようだ。何度も憧れたシチュエーション。でもそのたびにあきらめていたのに、現実になるなんて。

指輪をジッと見つめていると、急にその手を引っ張られて頬にキスされた。

突然のことに目をぱちぱちさせていると、彼が少し不満げに漏らす。

「柚花が指輪ばっかり見てるからヤキモチやいたんだ」

「いつからそんなことを、言うようになったの？」

私の前ではいつもスマートでカッコいい彼の新たな一面を知る。

「思ったことをちゃんと伝えた方が、回り道しなくて済むだろう」

確かに彼の言う通りだ。ならば私も素直に気持ちを伝えよう。

「ありがとう。大好き」

「いきなりなに？」

ちょっと焦っている彼は珍しい。

「だって思ったことを伝えた方がいいって、公士くんが今言ったんだよ」

「それはタイミングをみて言ってほしい。このまま柚花を抱きしめて一日過ごしたくなる」

「それはダメ。お母さんが待っているもの」

公士くんはすごく残念そうな顔をした。

「こんなに俺を振り回すのは、柚花だけだ」

彼は立ち上がると「行こう」と私の手を引いて玄関に向かった。

車で四十分ほど走ったところに、母の住む施設がある。公士くんが探してきてくれたこの施設は当初予定していたところよりも設備が充実していて、母もとても喜んでいた。

廊下には入居者の作品の絵葉書や俳句などが飾られており、清潔で明るい雰囲気だ。

部屋を訪ねると、母は窓辺で椅子に座って本を読んでいた。

「お母さん」

「柚花ちゃん、それに公士くんも。いらっしゃい」

明るく笑う母の顔を見て、心からホッとする。

「お花とチョコレートです」

公士くんがお土産を渡すと母はニコニコと笑みを浮かべている。母の明るい笑顔を見て安心するとともにうれしくなる。

「元気そうで安心した」

「柚花ちゃんたら、私の顔を見るたびにそればっかりね。どうぞ座って」

部屋にある椅子を勧められて、私と公士くんは並んで座る。

ひと息つく間もなく、彼が今日ここに来た本題を伝える。

「今日は入籍の報告に来ました」

彼の言葉に、母は嬉々とした表情を浮かべる。

「あら、そうなの！　おめでとう」

「ありがとう、お母さん。帰りに区役所に寄る予定なの」

私と公士くんはお互い照れながら見つめ合う。

「まだかなって、やきもきしていたんだけどこれで安心だわ。本人たちの口から聞けてホッとした」

心から祝福されて胸が熱くなる。

「今日まで頑張ってこられたのはお母さんのおかげだから。喜んでくれて本当にうれしい」

「柚花ちゃん……」

母の目が赤くなっているのを見て、私も目頭が熱くなる。公士くんの大きな手が優しく私の背中を撫でてくれた。

「やっと広子さんとの約束を果たせて、ホッとしています」

「約束？　どういうこと？」

母の施設入居に関しては公士くんが手配してくれたので、ふたりが連絡を取っていたのは知っていたけれど、その時になにかあったのだろうか？

「実はお見合いの話よりも前に、広子さんが連絡をくれたんだ。もう一度柚花を助けてくれないかって」

「え、お母さんが?」

これまで知らなかった事実に驚いて母を見る。するとさっきまでの幸せな顔から一変して真剣な表情を浮かべた。

「柚花ちゃん、黙っていてごめんなさい。篤史さんがまたなにか企む前に、柚花ちゃんを守ることができる人に任せたかったの。だってお母さんのために、音羽の家に残ってくれたのでしょう? だから今度こそは、絶対にあなたを助けたかったの」

「お母さん……」

母の頬に涙が伝う。

「本当はこんなこと公士くんにお願いできた義理じゃないのに。彼は引き受けてくれた。本当に感謝しかないわ」

今まで母がそんな風に思っていたなんて、知らなかった。

「あの時私は自分の意志で残ったの。だからお母さんが気にする必要なんてないのに」

私の言葉に、母が首を左右に振った。

「あなたの母親なのに、なにもできなくてずっとつらかった。私にできることって公士くんを探し出して連絡を取るくらいしかなかったの。彼が引き受けてくれるかどうかはわからなかったけど」

母の思いにこらえ切れなくなった私は涙を流した。

「公士くん、本当にありがとう。柚花のことお願いね」

「お礼を言うのは俺の方です。もう一度彼女と会えた上に、一生添い遂げることができるんですから」

それを聞いた母が嗚咽を漏らした。

「安心してください。彼女は俺が守りますし、彼女の大切なお母さんである広子さんも俺が守りますから」

泣きながら頷く母と真剣な公士くんを見て、私はこのふたりの大きな愛に包まれて本当に幸せだと思った。

「柚花ちゃん、こっちに来てその素敵な指輪を見せて」

母に言われるままに近付くと、立ち上がった母に抱きしめられた。

「本当におめでとう。これまでのぶんも幸せになるのよ」

私はその日、久しぶりに温かい母の胸で泣いた。

施設を出た後、ふたりで区役所に向かった。

母の前で思い切り泣いてしまった私は、急いで化粧直しをしたものの赤い目のまま入籍をすることになった。これもいつか思い出話になるのだろうか。

蝉時雨の降り注ぐ中、駐車場までの道を歩く。当たり前のように繋がれた手に安らぎとときめきを感じた。

「私、みんなに認められるいい奥さんになるね」

頑張るからね、という宣言のつもりだった。しかし彼は小さく首を横に振る。

「誰に認められなくてもいい。俺が選んだのは柚花だから。頑張るのはいいことだけど、それを忘れないでほしい。俺の妻は誰がなんと言おうと、柚花だけ。わかった?」

ダメなところも、できないことも、素直になれないことも、それなのに怖がりなところも、私のすべてを丸ごと受け入れてくれる。彼の言葉に私は言いようのない幸福感で体が満たされていくのを感じた。

「ありがとう、うれしい」

「俺だって、うれしいよ」

彼はそっと私の肩を抱き寄せて、額に唇を寄せた。

「ひ、人が見てるから」

「大丈夫、誰もいない。俺がこんなにかわいい柚花の顔を他のやつに見せるわけがないだろう」

笑顔で肩を竦める彼を見て言葉が続かない。笑顔が素敵すぎた。

彼は私がなにも言わないのをいいことに、今度は唇にキスを落とそうとする。

「本当にダメ、急に人が来るかもしれないでしょ？」

「ふたりきりなら、いくらしてもいいってこと？」

「ち、違うから！」

「楽しみだな」

「もう！」

彼がからかいながら顔を覗き込んでくるから、頬が熱くなる。

「そうやってずっと、笑ってくれていたらいいから」

そう言った彼は、私の手を握り直して引いた。

「うん」

半歩後ろから彼を見る。

この人の背中についていける。その喜びを噛みしめながら彼の後に続いた。

＊＊＊

「柚花、ちょっといい？」

自宅に戻りひと息ついたところで、柚花をリビングのソファに呼び寄せ隣に座らせた。

「なに、どうかした？」

素直にやってきて座った彼女は、不思議そうに首を傾げた。あまり楽しくない内容なのだが、だからこそ、さっさと済ませておいた方がいい。

「ちょっと野暮用だ。そこで話を聞いているだけでいいから」

「うん、わかった」

彼女はこれからなにをするのかわかっていないだろう。それでも俺を信頼してなにも言わずに従ってくれている。その気持ちがうれしい。

俺はスマートフォンを手に取るとスピーカーにして電話をかけた。相手は柚花の叔父である音羽篤史。

呼出音が鳴りはじめてすぐに相手が出た。

「もしもし、音羽さんでしょうか？　赤城です」

《あぁ、公士くんか！》

馴れ馴れしい態度に虫唾が走るが、ここは我慢だ。

電話の相手が誰だかわかった柚花の表情が一気に曇り、こちらを心配そうに見ている。心配ないからと、彼女の膝をぽんぽんとたたいた。
「ご無沙汰しております。本日無事に入籍しましたのでご報告を」
《やっとか。遅いからこちらもやきもきしていたんだ》
あたかも俺たちを心配しているような言い方だが、実際は自分のことしか考えていないに違いない。そういう男だ。
「遅くなって申し訳ありません」
《いや、丸くおさまったならそれでいい。これからは赤城家と音羽家、力を合わせて盛り立てていこう。ひいては今後の話を――》
「あぁ、申し訳ないですがこの後すぐに会議があるんです。ただこちらも音羽家への協力は惜しみません。いろいろと考えているので楽しみにしてください」
《そうかそうか、忙しいのは結構なことだ。ではその〝いろいろ〟を楽しみにしているよ。あはは》
下品な高笑いに鼻白む。電話でよかった。ポーカーフェイスは得意だが、あまりにひどいと感情を抑えるのが難しい。
「本日は用件だけで失礼します。お時間を取らせてすみませんでした」

丁寧に電話を切って、柚花の方を見ると沈んだ顔をしていた。

「そんな顔するな。見合いの席を設けてもらったんだから放っておくわけにはいかないだろう」

「それはそうだけど。音羽のことを考えてくれるのはありがたいけれど、無理はしないで」

心配そうにこちらを見る彼女を抱きしめる。

「大丈夫だ。ちゃんと考えているから。〝いろいろ〟とね」

思わず悪い顔をしてしまう。抱きしめている柚花に見えていなくてよかった。

守ると決めた以上、全力で柚花を守る。

音羽篤史には過去にさかのぼって責任はきちんと取ってもらう。それが俺のやり方だ。それまでせいぜい妄想を膨らませておけばいいさ。

どこまでも優しい手つきで柚花を撫でながら、腹の中は音羽篤史への怒りで煮えたぎっていた。

そんなことは露知らず、柚花は俺の腕の中でおとなしくされるがままだ。

それでいい、柚花はなにも知らなくていいんだ。

＊＊＊

朝一番に見るのは彼の寝顔。抱き枕から妻に昇格した私は彼の腕の中で毎日目覚める。

いつもは私と同じくらいの時間に起きる彼が、珍しく今日は眠ったままなので遠慮なく観察させてもらう。さすがに起きている時にじろじろ見るのは失礼だろうから。

初めて彼を見た時のことは忘れられない。世の中にこんなにカッコいい人がいるのかと大袈裟でもなんでもなくそう思った。レストランの制服を着ていたけれど、まるで物語に出てくる王子様そのもので、目を奪われた記憶がいまだに鮮明に残っている。

いつもはきっちりとセットされている彼の前髪が目にかかりそうで、それを払おうとゆっくりと手を伸ばした時、その手を彼に掴まれた。

「起きていたの？」

「ん、いいや。柚花があまりにもジッとこちらを見ているから起きたんだ」

まさかばれていたなんて、恥ずかしくて頬が熱くなる。

彼は掴んだ手を口元に持っていき、チュッと小さなキスを落とした後、気だるげな、しかし色気に満ちた視線を向けてきた。

直視できずに思わず目を逸らす。

「どうした？　こっち見て」

「なんだか恥ずかしいから」

「どうして？　俺が柚花の顔を見たいって言っても？」

そんな風に言われると、ダメだとか無理だとか言えなくなってしまう。それに私はさっきまでさんざん彼の顔を見ていたのだから。

私は覚悟を決めて、彼と目を合わせた。

「おはよう。柚花」

「んっ」

私の挨拶も待たずに、彼が唇を奪う。挨拶のキスというには濃厚すぎるそれに、脳内がくらくらする。

唇が離れた瞬間、私は彼の胸をそっと押して距離を取り、軽くにらんで彼をけん制する。

「もう、ダメだよ」

「どうして？」

それを私に聞くの？

昨日もその前も、同じような朝を過ごした。そしてここからエスカレートしていく公士くんの行為に逆らえずに、慌ただしく会社に向かう準備をすることになった。

「昨日までのこと思い出して。私、遅刻したくないの」

私の方がなんだかんだと準備に時間がかかる。少し早めに出社して、仕事の準備だってしたい。

しかしそんな私の態度に彼は不満そうだ。

最近の彼は素直すぎるくらい率直に胸の内を明かすので、少々面食らう場面もある。

たとえば今みたいな時だ。

「わかった。じゃあ柚花からキスしてくれたら今日のところはあきらめる」

今日のところはというのが引っかかるが、このままでは昨日や一昨日の繰り返しになってしまう。

「本当に？」

彼は無言で頷く。

キスは初めてではないけれど、なんのためらいもなくできるほど恋愛スキルが高いわけではない。なかなか行動に移さない私に、彼がまた過去を持ち出す。

「昔の柚花はよくおねだりしていたのに。仲直りの時とか。それなのに俺が頼むと渋るのか？」

以前は無邪気にそんなことも言えた。若気の至りだ。しかし夫婦となってもブランクがあるため恥ずかしい。

「またすぐにそうやって過去の話を持ち出すんだから……目をつむってくれる？」

彼はすぐさま素直に瞼を閉じる。

それを確認してゆっくりと顔を近付け、彼の唇にキスをした。するとすぐにパチッと彼の目が開き、不満げな視線を投げかけてくる。

「これだけ？」

「え、だってキスでしょう？」

ちゃんと唇にした。褒めてくれてもいいくらいだ。だけど彼はあからさまに不服だと表情に出している。

「俺を満足させたいなら、せめてこのくらいしてもらわないと」

「きゃぁ」

手を引かれ気が付いた時には、彼に組み敷かれていた。

「お手本を見せるからよく覚えておくように」

ニコッと笑った彼の瞳の中に、朝に似つかわしくない欲望が揺らめいている。

ちょっと待って、そう言おうとしたところで唇を塞がれる。

角度を変える深いキス。唇を甘噛みされ薄く開くと、慣れた様子で舌が口内に侵入する。あっという間のことで、翻弄されている私は抵抗すらできない。

「んっ……はぁ」

息継ぎすら許してもらえないそんな横暴なキスに溶かされて、その日も私は慌てて身支度を整えるはめになった。

「もう。結局昨日と同じじゃない」

ふくれっ面の私を見た彼は、楽しそうに笑っている。

「そんなに焦らなくても大丈夫だって」

彼はのんびりコーヒーを飲みながら、タブレットで今日の会議の資料に目を通している。

「柚花があまりにもかわいいキスをするから、つい……な。仕方ないよ。妻がかわいいのが悪い」

私もマグカップにコーヒーを淹れて彼の隣に座る。

「そんな言い方されたら、怒れないよ」

横目で彼をにらむと、彼が悪びれる様子もなく頬に小さなキスをした。

「かわいい奥さんにひとつ質問なんだけど、俺たちの結婚は会社でいつ発表する？」

頬杖をついた彼が私の顔を覗き込んできた。

「え、発表するの？」

「しないのか？」

もちろん総務部に報告の義務はあるが、社長の権限で周囲に知られないようにすることもできるのではないかと思っていた。

「俺は公表したい」

「私は……仕事への影響を考えると、当分は秘密にしておきたい」

正社員になってやっと多くの仕事を任せてもらえるようになった。

今一番仕事が楽しい時なのに、社長夫人という肩書がつくと置かれている環境が変わってしまいそうで怖い。

「今の仕事を楽しそうにしている柚花の気持ちはわかるが、秘密は少ない方がいい。後でばれるよりもこちらから先に公表する方が、都合のいいタイミングも計れる」

公士くんもいろいろと考えてくれている。

「それはわかるんだけど」

人付き合いのことになると、及び腰になってしまう。

以前失敗した経験があるからだ。今の部署は私を受け入れてくれている人が多いが、そうでない人だっている。用心するに越したことはないだろう。

「まぁ、とりあえずこの話は保留だな。そろそろ出なくていいのか？　それとも俺の車で出勤する？」

「そんなことしたら、すぐにばれちゃう」

私は飲み終えたマグカップを流しに置くと、バッグを掴んで玄関に向かう。

「いってきますのキスは？」

この期に及んでそんなことを言う彼に、べーッと舌を出してから私は会社へ急いだ。

ここ数日、出勤時間が少し遅くなっているので、エントランスは同じように出勤する人でごった返していた。

しかしいつもと同じ朝なのにどこか違和感がある。なんでだろうと思ってエレベーターの鏡になっている部分を見て気が付いた。

社員の数名がこちらをちらちらと見ている。ジッと見つめられたり、話かけられたりするなら対応できるけれど、どの人も盗み見といった様子だ。

どうして？　もしかして今日のお化粧か服装がおかしい？　しかしそれであれば、公士くんが言ってくれるだろう。じゃあなぜ？　全然理由がわからない。

営業部のあるフロアに到着して、首を傾げながら降りた。

フロアには知った顔も多いのでいつもと変わらず「おはようございます」と声をかけながら歩く。しかし普段と違って反応が鈍い。

やっぱり、なにかおかしい。

落ち着かない気持ちでデスクに座る。

変だと思いながらも、いつもよりも到着が遅かったのですぐにメールをチェックし、それから今日やる仕事の確認をした。

さっそくメールの返信をしていると、背後から近付いてくる人の気配に振り返る。

「あ、中島さん。おはよう」

「おはようって、のんきにそんなこと言っててていいの？」

「え？」

私が首を傾げると、彼女は身をかがめて小声になる。そしてスマートフォンを取り出すと私に画面を見せた。

「これ音羽さんだよね」

そこには私と公士くんが並んで歩いている写真が表示されていた。

驚きで言葉も出ず、固まってしまう。

「この写真、社内の人たちのSNSのグループの中で出回っているの。あの……相手って社長だよね」

もしかしたら相手が誰だかわからないかもと期待したがダメだった。私の顔も公士くんの顔もバッチリ写っている。

朝のみんなの態度の原因はわかったけれど、これはどうすればいいのだろうか。

今朝の公士くんの懸念が、まさかこんなに早く現実のものとなるなんて。

どうしよう……。

混乱して画面を見つめたまま動けなくなってしまった。

「ねぇ、大丈夫?」

中島さんの言葉に頑張って笑って頷いたが、あまりうまくいかなかったらしく、余計に心配をかけてしまったみたいだ。

どう対応したらいいんだろう。今日はなにもなかったかのように過ごして、帰ってから公士くんに指示をあおいだ方がいいかもしれない。

幸いみんな遠巻きに様子をうかがって噂をしているだけで、直接話しかけてきたのは中島さんだけだ。彼女ならきっと私が説明するまで待っていてくれるだろう。

「中島さん、この件に関しては後でちゃんと話をするから」

「わかったわ」

予想通り理解してくれたようで、ホッとした矢先。

「あら、私もその話聞きたいわ。今すぐ」

私たちふたりの間に立ったのは、三宅さんだった。

立ったままの彼女は腕組みをして私たちを見下ろしている。

「おはようございます」

「あら、挨拶なんてどうでもいいのよ。それよりも随分広範囲で噂になっている件について説明してくれない?」

ここで「なんのことでしょうか?」としらばっくれれば、きっと彼女は激怒するだろう。

先日の万年筆の一件から彼女との溝は大きくなった。私はプロジェクトに加わり忙しくしていたため、彼女と仕事で関わる機会が減って適度に距離を取れていたのに。

「今は、なにもお話しすることはないです」

「あら、そんなことないでしょう。私もこの写真を見たもの」

私と公士くんが歩いているのを見かけた誰かが、好奇心で写真を撮ったのだろうか。それがこんな形でみんなに広まってしまった。

「あなた社長のコネで入社したんでしょ？　プロジェクトのメンバーに入れたのもそのおかげ？　ひどいわよね、みんな必死で就職して働いているというのに」

はっきり違うとは言えない。派遣社員としてここで働くように手配したのは公士くんだ。でもそこを肯定してしまうと、その後のこともすべてコネだと思われてしまう。

「ひとりだけずるしてなんとも思わないの？　その上社長と深い関係にある人が一緒に働いているってなると、みんな気を使うわ。仕事ができないにもかかわらず、重要な仕事を任されたら、一緒に働いている私たちが迷惑するの。尻拭いはごめんだわ」

彼女の気持ちも理解できる。とくに赤城クリエイティブは本人の実力と適正をとても大切にする会社だ。

努力し続けた人からしたら、コネ入社には嫌悪感を持って当然だ。

そして彼女が言いたいことは、仕事のことだけにとどまらなかった。

「あと、あなたが社長とお付き合いだなんて……自分が社長と釣り合うと思っているの？　あなたが社長の彼女だなんて彼の格が下がるわ」

「それは……」

彼の問題ないという言葉に励まされ、大丈夫だと自分に言い聞かせていたけれど、やはり人の目から見たら不釣り合いなのだ。

フロアのみんなが私と三宅さんの会話に聞き耳を立てている。周囲の好奇心に押しつぶされそうだ。

ギュッとこぶしを握り、どう説明をすればいいのかを考える。

その時、思考を遮る声が聞こえた。

「ひとつ私から訂正していいか？　音羽さんは私の彼女ではない」

ゆっくりと歩きながら入ってきたのは、話題の中心人物である公士くんだ。

どうして……ここに？

困り果てている私とは違い、彼は実に堂々としていた。

「しゃ、社長。そうですよね、音羽さんが社長の彼女のはずないですよね。そう思ったんですけど、噂が気になってしまって」

三宅さんはそれまで私に詰め寄っていた時とは打って変わって、にこにこと公士くんを出迎えた。

公士くん、否定しちゃった。でもきっとなにか考えがあってのことだろう。まだ公表したくないという私の意見を尊重したのか、はたまた今は彼の都合のいいタイミングではないのか、理由はわからない。

「噂も当てにならないな」

公士くんは話をしながら、私の近くまでやってきた。

「音羽さんは私の彼女ではない。妻だ」

あぁ、そういうことね。

どっちの予想も外れた。彼はまったく隠すつもりはないようだ。

彼は一切ごまかすことなく、真実を告げた。

周囲にいる人たちは皆目を見開き、驚いている。きゃぁと小さな悲鳴が耳に届き、その後フロアがざわざわとしはじめた。

「な、なにを……おっしゃっているんですか？」

三宅さんはまさか私と彼が結婚しているとは思わなかったのだろう。それはそうだ。入社したばかりの社員と社長が結びつかなくて当然なのだから。

「なにって、みんなが俺と彼女の関係を知りたがっていたから。結婚しているっていう事実を伝えただけだが」

三宅さんは驚愕の表情で固まっている。

「そんな……じゃあ、やっぱり彼女が正社員になったのも、プロジェクトに加わったのも社長の奥さまだったからなんですね」

三宅さんの質問は、このフロアにいる全員が知りたいことだろう。

「それはどうだろうか。確かに嫌がる彼女を無理やりここに連れてきたのは私だ。しかし私と彼女の関係はごく一部の人しか知らないはずだから、気を使う人なんていなかったと思うが。正社員登用は営業部で決めたことで口出しはしていないし、プロジェクトの参加も、私の知らない間に決まっていた。そうだろう？」

営業部の部長が頷き「唐沢くんからも説明を」と、近くにいた唐沢さんにプロジェクトの件について話をするように促した。

「あの時は僕がどうしようもなく行きづまっていて、たまたま相談した時に音羽さんがいいアイデアを出してくれたんです。そしてそれをクライアントが気に入った。それだけです。もちろん音羽さんが社長の奥さまだってことは知らなかったです」

「まぁ、その頃はずっと結婚を断られていたんだがな」

肩を竦める公士くんは、なるべく重い雰囲気にならないようにしてくれている。

「彼女が私との関係を匂わせて仕事で手を抜いたり、楽をしようとしたりしていたなら問題だが。どうだろうか」

公士くんが目の前にいる中島さんに尋ねる。

「いえ、そういったことはまったくありませんでした。むしろ面倒な仕事を押しつけられている場面を何度も見たことがあるくらいです」

彼女の言葉に何人かが頷いている。

「そうだろうな。彼女は俺との関係を必死になって隠そうとしていたから。私は一刻も早く報告したかったんだがね」

残念そうにする公士くんに、周囲のピリピリとした雰囲気が緩む。中島さんはいつも威厳のある彼の意外な一面を見て驚いている。

「これで、疑問は解消されたか？」

公士くんが、立ったままの三宅さんに尋ねた。

「は、はい」

さすがに社長にあれこれ簡単に意見はできない。小さな声で返事をするのがやっとのようだ。

「経営者の身内が近くにいたらやりづらいと感じる人もいるかもしれない。だがその場合は周囲にちゃんと相談してほしい。結婚は私たちの個人的な問題だから。ただ、私の妻だからという理由で彼女の仕事を奪いたくないんだ」

公士くんが私の後ろに立ち、そっと背中に手を添えた。

「これからも妻をどうぞよろしくお願いします」

公士くんと一緒に私も頭を下げた。

すると周囲から拍手が起こる。顔を上げ、みんなの顔を見ると理解してくれたように思えた。

「よかった」

「言っただろ。こういうのは隠す方がよくないって」

彼は小声で言い残すと「では、皆さん今日も頑張ってください」と言って、フロアから出ていった。

「音羽さん、よかったね」

「うん、騒がせてごめんなさい。あと、ずっと黙っていたことも」

中島さんは、いつも私の味方をしてくれていた。そんな彼女にも突然知らせることになってしまって申し訳ない。

「いいの、いいの。でも後でなれそめを聞きたいわ。私、恋バナ大好きなの」

ウィンクした彼女は、自分の仕事に取りかかった。私も早く気持ちを切り替え、業務に専念しなくてはいけない。

でも公士くんがわざわざ足を運んで私の居場所を守ってくれたことがうれしくて、

緩んだ顔を元に戻すのに時間がかかってしまった。

終業時刻を迎え、私は大きく息を吐いた。今日一日、いろいろな人から好奇の目を向けられて落ち着かなかった。

まるで昔の〝音羽のお嬢さま〟と周囲から見られていた時に戻ったようだった。ただ久しぶりで少し気疲れをしてしまった。周りの人もいきなりで驚いただろうし、お互い慣れるまで少し時間がかかるだろう。

帰る準備をしていると、内線が鳴った。

「はい。音羽です」

《社長秘書の井上《いのうえ》です。社長がお呼びですので社長室までお願いします》

「え、あの……」

《ではお待ちしております》

断られない前提の話し方なので、行かないという選択肢はないようだ。社員が社長に呼ばれて拒否するなんてことはよっぽどのことがない限りないのだろう。

でも急に社長室だなんて。

デスクの片付けを済ませて、役員専用のエレベーターに乗り最上階にある社長室に向かう。

到着すると受付から男性社員が出てきてくれた。名札を見ると井上とある。

「直接お目にかかるのは、初めてですね。社長秘書の井上です」

「音羽です」

頭を下げてから気が付いた。結婚の事実は公になったから、赤城って名乗った方がいいのかな。

井上さんはとくに気にしていないようで、そのまま社長室へと私を案内する。

「社長がお待ちです」

「はい」

重厚な扉をノックすると、すぐに返事があった。

「奥さまをお連れしました」

「ごくろうさま」

公士くんが立ち上がって、ソファを手で示した。そちらに座るようにということだ。

「どうぞ」

「はい。ありがとうございます」

私がお礼を言うと井上さんは出ていった。

「やっと柚花をここに呼べた」

彼は笑いながら私の隣に座った。

「こういうの、職権乱用っていうんじゃない？　公士くんが直接声をかけてきたなら絶対断っていたのに」

「まあ、そう言うなって。これからなにかとやり取りする秘書にも紹介したかったし」

言い終わると同時に、再びドアがノックされ井上さんがお茶を運んできてくれた。

私と公士くんの目の前にお茶を置くと、彼はきりっと姿勢正しく立った。

「こちらは秘書の井上。俺が入社してからずっとお目付役をしてくれている」

「社長〝俺〟ではなく〝私〟です」

表情を変えることなく、しっかり公士くんをたしなめる。そのやり取りでふたりの関係性がわかるような気がした。

「まぁ、こんな感じでなかなか手厳しいんだが、信頼できるやつだから」

「今後いろいろとやり取りが増えるでしょうから、よろしくお願いいたします」

「はい。こちらこそ至らぬことが多いと思いますが、お手伝いください」

私も立って頭を下げた。

「じゃあ、俺は妻と楽しい時間を過ごすから井上は出ていって」

「かしこまりました。十九時より会食が入っておりますのでお忘れなく」

きっちりと釘を刺して出ていくあたりさすがだ。

ドアが閉じてふたりきりになると、彼が「ようこそ」と微笑んだ。

「ここで仕事をしているんだね」

大きなプレジデントデスクに、趣味のよい絵画や観葉植物。過ごしやすそうな空間だ。思わずきょろきょろと見回してしまう。

「こうやって会社で会えるのも公表したメリットだろ。あ、一緒に通勤もできる」

私は想像してちょっとそれはごめんだなと思った。会社ではむしろそっけないくらいがちょうどいい。

「嫌がるなよ、自粛はする。今日だけ特別だ」

どうやら顔に出ていたらしい。失礼な態度だったのに彼は笑って許してくれた。

「ごめんね、私も公士くんが働いている部屋を見られるのはうれしいんだけどね。でもけじめが難しい」

今の仕事環境では、社長と接する機会はあまりない。

「ただこれからは、対外的に妻としての役割を果たしてもらうこともある。その時は堂々と振る舞ってほしい」

「そうだね。そういうことは考えていなかったな」

やっぱり自分の考えは浅いなと反省した。これからはふたつの顔を使い分けないといけない。不器用な自分にできるだろうか。でも自分で決めたことだからしっかりやらなくては。

気持ちを新たにしていたところに、ふと気になるものが目に入った。

「ん、それって」

彼が使っているマグカップに目がいく。

「私が買ったものだよね？　家には見当たらなかったからあまり気に入ってないのかと思ってたんだけど」

「こっそりここで使っているのがばれたな。仕事中に柚花を思い出せるからいいんだ」

私は自分の前に置かれている茶器を見た。色鮮やかな有田焼の高級品だ。おそらくこれまではこれに準ずるいいものを使っていたに違いない。

「なんだか部屋にそぐわなくて気まずいかも。もっといいものをプレゼントするべきだったね」

「別に俺はこれがいいって言ってるんだから問題ない。秘書たちはこれを洗うのが一番緊張するって言っていた。替えのきかないものだからな。それだけ大事にしてるっなんだかもっと申し訳なくなってしまう。でもそれと同時に彼が大切に使ってくれていてうれしい。

「公士くんの私の気持ちを大切にしてくれるところがすごく好き」

出会ってからずっとそうだった。だからいつも安心してそばにいられたし、離れていても彼への気持ちは変わらなかった。私のずっと大切な人。

「なぁ、柚花。そういうこと軽率に言うのやめてもらえないか」

公士くんはため息をつきながら、せっかく綺麗にセットしていた髪をかき上げている。

「私なにか変なこと言った？」

どうして彼がそんなに困っているのかわからなかった。

「柚花がかわいいことを言うから、仕事したくなくなった。会食キャンセルしようかな」

いきなりとんでもないことを言い出す。

「ダメだよ。お仕事なんだから」

「仲よくもない人と食事するなら、柚花と家で食事したいと思うのは当然だろ」

ってことだ」

「わがまま言わないでよ」

そうは言ったものの、最近の彼の見せるこういう姿が愛おしい。なんでもできて誰もが憧れるような人なのに。

以前よりもずっとずっと彼のことを好きになっていると実感した。

第七章　未熟で完璧なふたり

九月も下旬になったというのに、日中は日差しがきつく残暑が厳しい。

右手に日傘、左手にはバッグと紙袋を持って歩く。紙袋には公士くんが手配してくれた母の好物のおはぎがある。

彼の記憶力は相当なもので、母の好きなものをしっかりと覚えていて、毎回私がお見舞いに行く時に持たせてくれるのだ。

ここ最近の母はすごく体調がよさそうで、お見舞いに行くのも楽しい。おそらく環境がよくなったおかげだろう。できるだけ元気に長生きしてほしい。今からやっと本当の親孝行ができる。

今日はサプライズで訪問して驚かせるつもりだ。

すべてがいい方向に向かっていると思っていた。

軽やかな足取りで施設の敷地に入ると玄関の自動ドアが開き、警備員とひとりの男性が出てきた。

見覚えのあるその姿に戦慄する。叔父だ。

近付くと叔父は「中に入れろ」や「親族だぞ」などと言ってと騒いでいる。

施設に入居する時に、公士くんが施設側に依頼して叔父は母と面会できなくなっている。体調を慮《おもんぱか》ってのことだ。

私はそこまでしなくてもいいという考えだったけど、今の状況を見て公士くんの言う通りにしておいてよかったと実感した。

それと同時に、どうして叔父はこんなことができるのかと恥ずかしくなる。

「叔父さま、もうやめて」

我慢できずに思わず止めた。こちらに気が付いた叔父は警備員に向けていた怒りをそのまま私にぶつけてきた。

「お前か、俺にこんな仕打ちをするように仕向けたのは」

怒鳴りつけられても毅然とした態度を取らなければ、叔父と話はできない。

「母は病人なの。大きな声を出すような人との面会を拒むのは当然だわ」

「生意気を言うな」

叔父に押された私は、手にしていた母へのお見舞いの品を落としてしまった。

「なにするんですかっ！」

私が声をあげると、警備員が気が付いて叔父を取り押さえようとするが、彼はひどく暴れて抵抗している。

「母親に伝えろ。音羽の株式をすべて差し出さなければあの会社を潰してやるから」

捨てゼリフを残し、去っていく叔父を見て愕然とする。

警備員が警察を呼んだ方がいいと言ったが、これ以上騒ぎを大きくしたくなかった私はそれを断って母に会わずに帰路についた。

叔父の言葉にショックを受けたまま、自宅マンションへと戻る。私は手に持っていた荷物をダイニングテーブルに置くと、タブレットを手にして今の音羽フーズの状況を調べた。

すると大量閉店や業績不振など、心配になるようなニュースばかりが並んでいて目を背けたくなる。

まさかこんなにひどいことになっていたなんて。

徐々に傾いていく会社を見るのがつらくて、ここ最近は調べるのをやめていた。

なにを言っても聞く耳を持ってもらえないと思い、最後の抵抗として株式だけは守り、意見するのをあきらめていた。

音羽フーズはどうなってしまうの？　こんなことなら叔父と早く対峙しておけばよ

かった。生きていくのに精いっぱいだったとしても、後悔しかない。

父と黒岩のおじさまが大切にしていた会社だ。

多くの店が音羽フーズのものでなくなったとしても、思い出がなくなるわけじゃない。それでも、たくさんの思いが詰まったものをめちゃくちゃにされたくない。

こんな時に、なにもできない自分は無力だと思う。

「私が男だったら、こんな思いをしなくて済んだのかも」

性別が変わったからといって、能力は変わらないとわかっている。ただ生まれた時から跡継ぎとして育っていたら、今頃音羽フーズを自分の手であの叔父から守れていたかもしれないのだ。

「それは賛成できないな。柚花が男だと今の日本の法律では俺と結婚できないだろ」

背後から声が聞こえて驚いた。考え事をしていて公士くんが帰ってきたことに気が付いていなかったのだ。

「おかえりなさい。ごめんね、気が付かなくて。出張じゃなかったの？」

彼は出社後、そのまま海外出張の予定になっていたはずだ。

「少し時間ができたから、柚花の顔を見ておこうと思って。またすぐに出るけどな」

いつもなら玄関で出迎えるのに、リビングの扉が開いたことにすら気付けなかった。

「俺よりも大事な考え事ってなに？」

「え、ううん。なんでもないの」

急いでタブレットのケースを閉じて画面を彼から見えないようにする。わざとらしくなかっただろうかと彼の様子をうかがった。

「それはそうと、広子さんの容態はどうだった？」

彼がダイニングの方へ行ったのでホッとする。

「あれ、これ持っていかなかったのか？」

返事に迷っているうちに続けて聞こえてきた声に視線を向けると、彼が指さしているのは、母へと公士くんから預かったおはぎだ。

結局あの後母のところに寄る元気がなく、持って帰ってきたものをそのままダイニングテーブルの上に置いていたので、彼が見つけてしまった。

自分の不用意さにがっかりすると同時に、どうやってごまかそうかと悩む。

「実は落としちゃって。母には渡さなかったの。ごめんね、せっかく買ってきてくれたのに」

「別に、また買えばいいし。それより、なにかあったのか？」

彼が心配そうな顔をしながら私のもとにやってきて、指の背で私の頬を撫でた。先ほどうまくごまかせたと思っていたけれどそうでもなかったみたいだ。

心配をかけてしまった。そんなにわかりやすい顔をしていたのだろうか。

「別になんにも。ちょっと疲れているだけ。最近頑張りすぎたかな」

苦笑いを浮かべて、これでなんとかごまかされてくれればと思う。

「だが――悪い、電話だ。もしもし」

正直ホッとした。この隙になにかいい言い訳を考えよう。でも焦っているせいかなかなか思いつかない。

電話中の彼がちらっとこちら見た。

わずかに嫌な予感がする。

「わかりました。ありがとうございます」

彼はそう言って電話を切った。

「お茶でも淹れようか？　のど渇かない？」

キッチンに向かおうと彼の横をすり抜けようとした瞬間、彼が私の手首を掴んだ。

「柚花。今日、音羽篤史に会ったのか？」

「え、どうして知って――あっ」

驚いた私は墓穴を掘ってしまった。必死にごまかそうと努力してきたのが水の泡だ。

私は彼の顔を見ていられなくて、目を伏せた。

「施設から電話があった。どうしてすぐに俺に言わない？」

そう言われても、できればもう叔父には関わってほしくないのだ。私の中のすべての不幸が叔父と繋がっている。そこに巻き込みたくない。

「音羽の家の話は、公士くんには関係のない話だから」

そう、これは私がどうにかするべき話。

しかし、私の言葉を聞いた彼の表情がさっと曇った。

その時になって自分の失言に気が付いたけれど、もう遅い。

「俺はそんなに頼りないか？　結婚して夫になってもまだ関係者じゃないのか？　どうやったら俺の気持ちが伝わるんだ。こんなに守りたいと思っているのに」

それまで逃がさないと言うかのようにギュッと掴んでいた私の手首を彼が解放した。

「悪い。もう時間がないから行くな」

どうしよう……声をかけて謝るべきだ。しかし私に対して初めてこんなに感情的になった彼にどう接していいのかわからない。

バタンと玄関のドアが閉まる音が、いやに大きく響いた気がした。

ふたりで乗り越える、確かにそう約束した。けれど彼に迷惑をかけたくない。

どうしたらよかったの……。

私は顔を覆って、うつむくしかない。

大切に想っているし想われている。それなのになぜこんな風にすれ違ってしまうんだろうか。

彼に自分の気持ちを伝えたいけれど、うまく伝える自信がない。

「はぁ……もう」

ただため息をつくしかできない自分が情けなかった。


公士くんが海外出張に出て三日が経った。

無事に到着したという連絡はあったが、それ以降は電話やメッセージはきていない。

会議や社交など過密スケジュールで忙しいのだと思うが、きっと出発前のことが引っかかっているんだろう。

私も私で連絡できずにいた。どう伝えればいいのか、なにを言えばいいのか。

謝るべきだとわかっている。公士くんはなにも悪くない。

ひとりで抱えきれず、仕事終わりに母のいる施設へ向かった。

私が訪ねた時、母はダイニングで数人の友人とお茶を飲んでいた。ちょうど食事が終わったばかりのようだ。

「あら、柚花ちゃん」

「お母さん、夕食は全部食べた？」

「もう、どっちが母親だかわからないわね」

あきれた顔だが、その表情は明るくてホッとする。

母の友人たちと別れて、ふたりで部屋に戻る。

「楽しそうでよかった」

「うん。全部柚花ちゃんと公士くんのおかげよ。最近食欲も出てきてちょっと太っちゃった」

笑う母は確かに少しふっくらしていて、顔色もいい。

「それで、なにがあったの？」

「なにかあったって、すぐにわかるのすごいね」

「そりゃ娘のことだもの」

母は隣に座った私の手をギュッと握った。母の温かい手は、それだけで私を落ち着かせる。

「実はちょっと公士くんとけんかしちゃって。謝らなきゃならないんだけど、根本的な解決方法が見つからないの」

「もしかして篤史さんがまたなにかしたの？」

それまでにこやかだった母の顔が一瞬にして曇る。

「……そうなの。お母さんに心配かけたくなくて秘密にしてた」

「もしかしてそれを公士くんにも黙っていたの？」

私が頷くと、母は盛大にため息をついた。

「隠していたのを彼に知られてしまって……その時につい〝公士くんには関係のない話だから〟って言ってしまったの」

「それは柚花ちゃんが悪いわね」

少しくらい味方をしてくれるかと思っていたのに、しっかり叱られてしまう。

「どうして？　だってもう彼を音羽家の問題に巻き込みたくないのに」

「でも私だったらショックだわ。教えてもらえなかったこと、頼ってもらえなかったこと。母親なのにって……。公士くんだってそうじゃないの？」

母の言うことも理解できる。

「そう……だよね」

「もし柚花ちゃんが公士くんに〝関係ない〟なんて言われたらどう思うの？」

「それは悲しいかもしれない」

目の前のことに必死で、公士くんの気持ちを考えられていなかった。

「彼に柚花ちゃんを助けてほしいって連絡をした時、彼は相当の覚悟を持って私たちに手を差し伸べてくれたわ。あなたの言葉は彼のその覚悟を踏みにじるに等しいものよ」

「……私」

そう言われて初めて気が付いた。そんなつもりはなかった。けれど結果的にそうなってしまっている。私は彼の意見も聞かずに自分が〝いい〟と思ったことを彼に押しつけたのだ。

「わかってるわ。そういうつもりじゃないってこと。でも実際彼は傷ついた。結婚するってことは相手の人生も背負っていくことなの」

確かに彼はふたりで乗り越えようって言ってくれたし、私もそう誓った。それなのに私の独りよがりで彼の想いを踏みにじってしまった。

瞼が熱くなり、今にも泣いてしまいそうだ。

「そんな顔しないの。まだふたりは夫婦として始まったばかりでしょ」

母がハンカチで私の目元を拭ってくれる。

「伝えたいことがあるならすぐに伝えるべきよ。今ある幸せが急になくなることもあるんだから」

母は父が突然事故に遭い、帰らぬ人となったことを思い出しているに違いない。

「うん。私、ちゃんと自分の気持ちを彼に伝えるね」

施設から出て、すぐに彼と共有しているスケジュールを確認した。連絡をしようと思うものの時差もあるのでタイミングが難しい。

悩みながら画面を見て驚いた。

「今日、帰ってくるの？」

思わず声に出してしまう。

本来は明日帰国の予定だった。しかしそれが早まり、今日の夜の便で帰ってくるようだ。

時計を確認する。今電車に飛び乗れば彼の到着に間に合うはずだ。

気が付けば私は駅に向かって走り出していた。

多くの人が行き交う空港内。

ずっと走ったり早歩きをしたりをしていたため、呼吸が苦しく心臓が悲鳴をあげている。足も痛い。普段から運動していなかったことを後悔した。

公士くんが乗っているはずの飛行機は、電光掲示板に【到着】の文字が記載されている。

優先レーンを使って出てくるはずなので、到着後すぐにゲートを通過するだろう。

メッセージは送ったけれど、もし彼がスマートフォンを見ていなければ、すれ違いになるかもしれない。

人の多い空港内を走るわけにもいかず、息を切らしながら早足で彼のもとに向かう。

到着ロビーには二十二時を過ぎてもたくさんの人がいて、この中から彼を捜すのは難しい。

一瞬家で待っていればよかった？と思ったけれど、きっと居ても立ってもいられなかったはず。

もう後悔はしたくない。

私は必死になって彼を捜した。足を動かし、彼と似た背丈の人を見つけては一喜一憂しながら。

そしてついにキャリーを引く公士くんを発見した。人の間から見え隠れしていて、向こうは私に気が付いていない。

思わず小さな声で「公士くん」と呟くと、彼がふとこちらを見て目が合った。

途端に驚いた顔をする公士くん。気が付いたら私は彼に向かって走り出していた。

息の苦しさも足の痛さも気にならなかった。私の目には公士くんしか入っていない。

「柚花っ」

驚いた顔のままの彼の胸に飛び込む。

「公士くん」

抱き留めてくれた彼がすぐに腕に力を込めた。彼の熱と匂いに包まれて胸がいっぱいになり、自然と目頭が熱くなった。

泣いたら迷惑になるので、なんとか押しとどめようと深呼吸を何度か繰り返した。

言いたいことがたくさんあるのに、言葉にならない。

そんな私の背中を彼が優しく撫でてくれた。

「ただいま、柚花」

「お、おかえりなさい。公士くん」

私は彼にそう伝えるのが精いっぱいだった。ただ彼の存在を感じていた。

「では、私はこれで失礼します」

背後から声をかけられて、はっとした。ここはまだ空港内だった。

声の方向に顔を向けると、秘書の井上さんがいた。公士くんに夢中で彼の存在に気が付いていなかったのだ。

「あぁ、お疲れさま」

公士くんも井上さんも何事もなかったかのように、淡々と挨拶を交わして解散したのだが、私は恥ずかしくて会釈しかできなかった。

タクシーに乗っている間、ふたりとも無言だった。でも繋いだ手からお互いの気持ちを通わせ合う。

絡めた指、時折意味深に指の間や手首を撫でられ、気持ちが高揚していく。

目が合うと心臓がドクンと音を立て、彼の熱い視線に体の芯が溶けるようだった。

だからマンションに到着し、玄関のドアが閉まった瞬間、激しく唇を奪われても驚きもしなかった。

私自身そうされるのを待っていたからだ。

むさぼるようなキス、探り出された舌を絡め合う。私は彼の首に腕を回して強く求める。

どのくらいの時間が経っただろうか。唇の感覚がなくなるほどお互いの存在を確認し合った後。私は至近距離で彼をジッと見つめた。

「公士くん……。ごめんなさい」

「ん。わかってる」

「わかっててもダメなの。ちゃんと言わないと、伝えないとダメなの」

これまでお互いの気持ちをわかっていた気でいた。でも些細なことですれ違ってしまう。

「ごめんなさい。もっとはっきりと私の気持ちを言うべきだったし、公士くんの気持ちも聞くべきだった」

「柚花……」

「きちんと伝えられないかもしれないけど、聞いて」

「わかった。その前に中に入ろう」

九月も下旬になり、朝晩はだいぶ冷え込むようになった。落ち着いて話をするためにも部屋に入った方がいい。

「ごめんなさい。私焦っていて」

「かまわないさ。柚花が俺の腕の中にいてくれればなんでも」

彼はそう言うと私を抱き上げた。室内を数歩進む、それだけの距離すら離れたくなかった。

リビングに移動してソファに座り、少し落ち着いた私に彼が紅茶を淹れてくれた。

「疲れているのにありがとう」

「いや、空港で柚花の顔を見た途端、疲れなんて吹っ飛んだよ」

彼は微笑みながら私の隣に座る。

お気に入りの茶葉で丁寧に淹れてくれた紅茶は、心を落ち着かせてくれた。

それからひとつ深呼吸をして、自分の気持ちを彼に伝える。

「叔父はずっと私と母が持っている音羽フーズの株式を欲しがっていたの。でもそれを渡してしまうとおしまいだってことは母も私もわかっていて、いろいろなものを手放したけれど株式だけは守った。お父さんと黒岩のおじさまの大切な会社だから」

経営には一切携わってこなかったけれど、叔父に好き勝手させないための最後の砦として私たちは株式だけは保持したままでいた。

「母のお見舞いに行った日、叔父が施設で暴れていて……とうとうここまで落ちたんだって思うと、この先なにをしでかすのか怖くなった」

調べると案の定音羽フーズは業績が悪化して事業をどんどん縮小していた。すでに上場も廃止して同族会社となっている。

「確かにここ最近の音羽の業績はひどいものだな」

「知っていたの？」

彼は静かに頷いた。

「柚花が会社を大切に思っているのと同じ理由だよ。親父は亡くなる間際まで音羽フーズのことを気にしていたから」

叔父のやってきたことがどれだけの人の人生を狂わせたのかと、ますます憤りを感じる。

「叔父は会社のことはきっとどうでもいいの。自分がどれだけ得をするかしか考えていない」

昔からずっとそうだ。父も叔父に何度か厳しく注意をしていた。

「音羽フーズはもうダメかもしれない。私たちがあきらめたら公士くんに迷惑をかけることもなくなるって、そう思っていたの。あの時そう伝えればよかったのに。関係ないなんて言ってごめんなさい」

思い出や過去ももちろん大切だ。けれどこれからの未来の方がもっと大切に違いない。母もきっとそう言ってくれるはず。叔父に株式を渡して私たちと縁を切ってもらった方がいいに決まっている。

「いや、俺の方こそおとなげなかった。ごめん」

彼が私の肩を抱き寄せて、後頭部に優しくキスをした。

「柚花のことになると、冷静になれないんだ」

彼は心底困ったような顔をしている。

でも私はそれがうれしかった。

「ちょっと喜んでいる私は悪い女かな?」

「あぁ、そうかもしれない。でも悪い女でもなんでも、俺を拒否しないでくれ」

「うん、わかった。もう二度としない」

私が同じように彼に拒否されたら傷つくだろう。

「もう、間違えないから」

「ならいい。俺たちはふたりでいるのに未熟だ。でもこれから作り上げていく楽しみがある。そう思わないか?」

「うん」

彼の言葉はすんなりと私の心に入ってきた。私の言葉も彼にとってそうであればいいなと思う。

「あぁ、それと音羽フーズや音羽篤史については俺が手を打っているから、あまり気に病まないように」

さらっと言われた内容に、私は驚いた。

「え、知らなかった。本当に？」

「あぁ、本当だ」

「いつからそんなこと考えていたの？」

どういうことかいろいろ聞きたい。それなのに彼は私を抱き寄せて額、頬、鼻先にキスすると、最後は耳元に唇を寄せた。

「それよりも仲直りの続きをしよう」

「え、今の話し合いで、仲直りできたんじゃないの？」

「夫婦の仲直りの仕方は話し合うだけじゃないから」

そう言うや否や、また私を抱きしめた。

「出張の間、ずっと柚花のことが気がかりだった。だから俺を安心させてほしい。柚花が欲しいんだ」

目尻にキスを落とされ、甘く囁かれた。

「私も公士くんを感じたい」

恥ずかしくて顔から火を噴きそう。でも自分の気持ちを素直に伝えると決めたのだ。

そして彼はそれを受け入れてくれる。

ここが自分の帰る場所。ずっと帰ってきたかった場所だ。


十月の中頃。

私は父が亡くなってから初めて音羽フーズの本社ビルを訪れた。

そして「こんな感じだったかな」と悲しくなる。

以前はここで働く人々は明るく快活であったように思う。それに比べて今はエントランスにいるだけでもどんよりとした雰囲気を肌で感じた。

「柚花さん。こちらへ」

「はい。あの井上さん、先日は恥ずかしいところをお見せしてすみませんでした」

今日同行してくれているのは、公士くんの秘書である井上さんだ。あの日の空港にもいたのだが、ほかの人まで気を回せずに一部始終を見られてしまった。

「いいえ。問題ありません。おかげで一日早く日本に帰れましたから」

気を遣ってくれているのだろうが、そう言ってくれてホッとした。

「あの、公士さんは？」

「社長ならこちらでの会議に出席しています。本日よりここ音羽フーズは赤城の傘下に入りますので」

「え……音羽フーズが？」

彼が手を打っていると言っていたのはこのことだったのだ。

驚いていると、離れた場所から誰かの怒号が聞こえてきた。

「離せ！　社長はこの俺だ」

どこか既視感のある光景に唖然とする。

警備員に引きずり出されて騒いでいるのは、叔父だった。

あっけに取られて見ていると、叔父は私に気が付いてこちらにやってきた。

とっさになにが起きても大丈夫なように身構えた。

しかしすぐに大きな背中にかばわれる。

「お引き取りください」

毅然とした態度で私を守るように立っているのは、この場に駆けつけてくれた公士くんだった。

「頼む、ここは俺の会社だろ？　なぁ柚花からもなんとか言ってやってくれ」

縋るように床に手をついている叔父は、これまでの傲慢な態度とは打って変わって弱り果てているようだ。

「もうあなたの会社ではありませんよ。先ほどの取締役会で解任されたではありませんか。それに株式のほとんどはこちら側にあります。もう一度言いますが、ここはもうあなたの会社ではないんです」

小さな子を諭すような言い方をしたが、半狂乱になった叔父はそれすら理解できないようだった。

「柚花、助けてくれ。なぁ」

叔父は公士くんの背後にいる私に手を伸ばそうとしたが、パシッとその手をはたかれそのままもう一度床に膝をついた。

それまで丁寧だった公士くんの態度が、叔父が私に手を出そうとした瞬間に変わる。

「どの面下げて、柚花に助けを求める？　今後一切、柚花にも広子さんにも関わるな。わかったな」

それまで情けなく床に膝をついていた叔父も、その言葉で豹変した。

「柚花、お前の差し金か？　自分ではなにもできない愚図のくせにっ！」

大声をあげた叔父は、私の方へ向かってきた。しかしすぐに公士くんに阻まれ、再びその場に膝をつく。顔を上げた叔父は憎らしげに私をにらみつけていた。

「柚花さんは愚図なんかじゃない。立派なんですよ、今も昔も」

「なにを言い出すんだ！　昔なんて知らないだろう」

叔父のあざけるような笑みに、公士くんが真顔になる。

「昔の彼女のことを、私はよく知っているんですよ。まだ気が付きませんか？」

叔父は探るようにジッと公士くんの顔を見ている。

しかしまだ気が付かないようで、公士くんが話を続けた。

「音羽フーズには昔は素晴らしいレストランがあった。しかしシェフが不祥事をでっち上げられてクビを切られて閉店した。ハイエナのような男がすべてめちゃくちゃにした。違いますか？」

冷静に話しているが、言葉の端々に怒りがこもっている。

叔父が驚愕の表情を浮かべている。まったく想像もしていなかったのだろう。

「ま、まさかお前っ！　黒岩の息子か⁉」

「やっと思い出してもらえて光栄です」

公士くんは敵意のこもった笑みを叔父に向けている。

「なぜお前が赤城なんて名乗っている？」

叔父は納得できないようで、彼を問いつめている。

「汚い手を使ったと疑っているんですか？　まさかあなたじゃあるまいし、そんなことしませんよ。俺は赤城の正当な後継者ですから」

叔父はギギギと音がしそうなほど歯を食いしばり、公士くんをにらみつけた。

「お見合いを設定していただいた手前、一応これまでは最低限の礼は尽くしていましたが、今後は柚花に近付かないでもらいたい。彼女になにかあれば法的措置にとどまらず、あなたのすべてを奪いにかかりますから。今回は音羽フーズだけにしたことを感謝してください」

大袈裟でもなんでもない。本当にやってしまいそうな迫力だ。

公士くんは話は終わったとばかりに立ち上がり、私もそれに続いた。

「あの頃とは違う。今の俺にはその力があることを忘れないでもらいたい」

叔父は言い返すこともできずにただ下を向いている。

公士くんはその様子を気にすることもなく、「行こうか」と私を外に連れ出した。

背後から叔父の泣き叫ぶ声が聞こえたけれど、私は振り返らなかった。

公士くんの車に乗って自宅に向かう。井上さんはあの場に残って、残務処理を行うそうだ。

「突然呼び出して悪かったな。ただ事の顛末だけは柚花に確認してもらいたかったから」

「うん、ちゃんと見届けたよ」

あの場にいることで、私の中ではっきりとけじめがついた。

「そうか。この後付き合ってほしいところがあるんだけど、いい？」

「もちろん、どこにでもついていくよ」

嘘ではない。彼に誘われるならどこにでもついていく。

それが私の望みでもあるから。

それから彼の運転で走ること二十分。車は一軒のレストランの前で止まった。

「ここって……」

「いいから中に入ろう」

彼に連れてこられたのは、黒岩のおじさまがシェフを務めた思い出のレストランだ。

「音羽フーズの新しい門出を一緒にお祝いしよう」

「でも、ここってすでに人手に渡っているんだよね？」

不思議に思って尋ねると、彼は驚くべきことを口にした。

「そうだったけど、買い戻した。それで親父と一緒に働いていたシェフに運営してもらっている」

「本当に⁉　すごい」

中に入ると、シェフ自ら出迎えてくれた。

「いらっしゃいませ。お待ちしておりました」

「すみません、開店準備の忙しい時期にお邪魔します」

「いいえ。黒岩さんの息子さんに食べていただけるならこんなにうれしいことはありませんから」

柔和な笑みを浮かべたシェフは、黒岩のおじさまと懇意にしていた人らしい。公士くんとも顔見知りのようだ。

店はリニューアルオープン前で準備に余念がないようだ。そんな中、今日は私と公士くんのために特別に食事を作ってくれるという。

「柚花、いつもの席に行こうか？」

「うん」

両親や黒岩のおじさま、そして公士くんとよく食事をしたテーブルはあの日のままだった。

「懐かしいね」

無意識に顔がほころぶ。

「あぁ。なにかあればいつもここでお祝いしていたよな」

誕生日に始まり両親の結婚記念日や進学、卒業。人生の節目には必ずこの席で食事をして盛大にお祝いをした。

いわばここは私の幸せの詰まった場所だった。

公士くんと向かい合って座って、お互いの顔を見る。

「柚花、なにもかも元通りってわけにはいかないけど、これから失ったものをふたりで取り戻していこう」

彼は自分の決心を私に伝えてくれる。

公士くんと会えなくなってから、本当にいろいろなことがあった。

生まれ育った実家を離れ、大学を中退し、初めて自分で働いた。社会の厳しさを知ると同時に、自分で自分の人生の責任を取る大変さも知った。つらかったことばかりではないけれど、公士くんと会えなくなってずっと心にぽっかり穴が開いていた。

そして彼に会って再認識した。その穴を埋められるのはやっぱり公士くんだけなんだと。

彼は失ったものを取り戻そうと言った。けれど私には公士くんがいればもう十分だ。

「うん。でも無理はしないでほしい」

公士くんは赤城クリエイティブの社長としての仕事だけでも目の回るような忙しさのはずだ。一緒に暮らしている私が一番わかっている。

どの社員よりも朝早くから夜遅くまで働き、休日なんてあってないような生活をずっと続けている。

「音羽フーズのことや、このレストランのことだって大変だったでしょう？」

彼はあいまいに微笑むだけだが、それは肯定を意味する。

「私には公士くんがいるから、公士くんが戻ってきてくれたから……もうなにもいらないの」

本心だった。

「ずっと一緒にいてくれるんでしょう？」

ねだるような言い方になってしまった。

「もちろん。柚花が嫌だって言っても、離れるつもりはないよ」

彼は立ち上がり私の背後に回ると、ギュッと抱きしめた。

「愛してるよ、柚花」

「……私も、愛してる」

近付いてくる最愛の人のキスに、そっと目を閉じて応えた。

一度あきらめた人生を取り戻してくれたのは、公士くんだった。そしてその彼が私に輝かしい未来を与えてくれる。

いや、ふたりで作っていく。愛にあふれた幸せな日常を。


桜の花が風に吹かれて吹雪のように舞う。正装に身を包んだ私たちは神々に祝福されたかのような春の日差しに照らされ、笑みを浮かべていた。

音羽フーズを叔父から取り戻したが、立て直しをするのにはまだまだ時間がかかりそうだ。しかしずっとあくどいことをしてきた叔父は味方もなく居場所を奪われ、自宅にこもって出てこなくなってしまった。事業を大きく傾かせ手放すことになった叔父は、音羽家の面々からも絶縁されている。おそらく自分のやってきたことを後悔する日々が続いているだろう。

やっと日常を取り戻した私たちは、今日結婚式をすることでより夫婦としての絆を強くする。

公士くんと再会したあの日から一年。私たちは晴れて挙式の日を迎えていた。

紋付を身に着けた凛々しい公士くんの隣に、綿帽子をかぶった白無垢の私が立つ。

「夢がかなった感想は？」

「やっぱり覚えていたんだ」

出会ってすぐのことだった。黒岩のおじさまのレストランでウエディングパーティが行われた時、私はウエディングドレスよりも白無垢での神前式がいいと言ったのだ。何年も前の他愛のない会話。でも彼は結婚式の話を始めた時、すぐに神前式を提案してくれた。

「覚えているさ。大事な思い出だから、どんな会話もどんな触れ合いも」

公士くんがそっと私の頬に手を触れた。ゆっくりと上を向かせられるとしっかり目が合う。

「綺麗だな。みんなに自慢したい気持ちと、このまま隠してしまいたい気持ちが戦ってる」

「ダメだよ。みんなに迷惑がかかるから」

「柚花はまじめだな」

昨年の夏に入籍をしたので夫婦としては半年以上が経っている。それでもやっぱり公士くんに見つめられるとすぐに顔が熱くなってしまう。

とくに今日は紋付姿の美しい彼に、ドキドキしっぱなしだ。

「おいおい。嫁さんがかわいいのはわかったが。もう少し我慢をせんか。公士よ」

そこに割って入ったのは、赤城クリエイティブの創業者であり現会長、公士くんのおじいさまだ。

「いいだろう別に。結婚式なんだから新郎新婦がいちゃついてもなにも問題はないはずだ」

「確かにそうか。では存分に見せつけてもらおう」

「お、おじいさままで、そんなことを」

私はますます恥ずかしくなってしまい、顔が見えないようにうつむいた。綿帽子があって助かった。

「柚花ちゃん、そんな下を向かないで。よくお顔を見せて」

ヘルパーさんに車椅子を押してもらい、母が近くに来た。

「お母さん。疲れてない？」

「大丈夫、元気よ。今日あなたの白無垢姿を見て寿命が延びたわ！」

母はその場に立ち上がり、私の頬に手を添えた。

「本当に……綺麗」

目に涙を浮かべる母を見て、目頭が熱くなる。

「苦労したぶん、公士くんと幸せになるのよ。ほら、笑って」

母が私の肩をぽんぽんとたたき、慰めてくれる。

「だって、お母さんが泣くから――」

「仕方ないでしょう。うれしいんだもの」

軽く抱きしめられた、昔から変わらない母の温もりにやっぱり涙が出そうになる。

「うれし涙なら、いくらでも流せばいい」

公士くんがハンカチで優しく目元を拭ってくれた。

「そろそろ始まるぞ」

「うん」

彼がギュッと手を握ってくれた。雅楽が流れ出し、会場は厳かな雰囲気に変わる。

これから祭殿まで続く参道を歩く。私たちの後ろには車椅子の母と、赤城のおじいさまも並んでいる。

朱傘の下を神職と巫女に先導されてゆっくりと進む。

いつか見た夢がかなった。いや、公士くんがかなえてくれた。

私の小さな初恋の実を彼が大きく育ててくれた。離れている間も大切にしてくれた。

だから今、私たちふたりがここにいる。

彼がこちらに視線を向けた。私も彼を見つめ返す。

──愛しているよ。

慈しみに満ちた目で伝えられた気持ちを受け取り、しっかりと返す。

──私もあなたを愛しています。

その瞬間、春風が吹き抜けた。まるで父や黒岩のおじさまが祝福してくれているかのように、青空に桜の花びらが美しく舞った。

END

特別書き下ろし番外編

彼は敏腕（？）家庭教師

「あ～どうしよう。なにも思いつかない」

私は目の前にある真っ白な紙を見つめ、頭を抱えた。

デスクの上には小論文の書き方を解説した本が何冊もある。どれも熟読し、大事なところには付箋を貼った。

基礎知識はばっちりなのに、いざ書こうと思ったらなにも思いつかなくて焦る。

デスクにつっ伏してため息をついた。

こんな状態で大丈夫かな……試験。

一週間後、私は以前通っていた大学に復学するための面接と小論文の試験を受けることになっている。

赤城クリエイティブでは、社員の留学や資格取得を推奨している。そのまま海外支社でバリバリ働いたり、法科大学院を出て弁護士になり企業内弁護士として復職したりする人も過去にはいたらしい。

私にその制度を勧めてくれたのは公士くんだ。大学を途中で辞めてしまったことをずっと後悔しているのを彼は知っていたから。

私の通っていた大学は調べたら退学後十年までは復学できるとあり、私はぜひそうしたいと思ったのだけれど……。

「勉強ってこんなに大変だったっけ？　今、私は二十七歳で大学を辞めたのが二十一歳……六年間もブランクがあるんだ」

やむをえない事情で辞めてしまったけれど、「卒業したかった」という思いがあった。だから復学させてもらえるチャンスがあるのはありがたい。

ただずいぶん長い間勉強から離れていたので、思うように進まない。

「はぁ、もうダメだ」

さっきから弱音しか出てこない。もっと頑張りたいのに。

「なにがダメなんだ？」

「公士くん」

「少し休憩したら？」

彼は持ってきてくれた紅茶をデスクの上に置いた。

「なんだ、小論文の書き方？」

「うん、試験が小論文と面接だから練習しないといけないんだけど、うまく書けなくて」

「まぁ、慣れてないと厳しいかもな。でも真っ白はやばいな」

「うぅ……そうだよね」

彼はぱらぱらと本をめくりながら、ラインマーカーと付箋を使いはじめた。

「ここと、ここ。あとは、このあたりかな」

さらさらとペンを走らせ、付箋を貼っていく。

「大事なのはここだけ。他の本はいらない」

「え、でももっとたくさんやり方を勉強した方が――」

たった一冊の本だけでは、なにもわからないのではないだろうか。

「やり方は本当に基本だけでいい。最初に論点を書くだろう――」

彼はおおまかな小論文の骨組みをわかりやすく説明してくれた。

「うん。そっか……そうすればいいんだ」

「難しく考えなくていい。ただわかりやすく書くことを心がけるんだ」

「わかった」

彼に教えてもらうまでごちゃごちゃしていた頭の中が、一気にクリアになる。

「はぁ。やっぱり公士くんは教えるの上手だよね」

感心していると、彼が声を出して笑った。

「何年柚花の家庭教師をやっていたと思うんだ？　柚花にとって俺以上に完璧な教師なんかいないだろう？」

それは彼の言う通りだ。大学受験の時も塾にも行かず、彼にずっと勉強を見てもらっていた。

「あとは実践あるのみだな。まずはここに載っているテーマで書いてみて。後で添削するからな」

「忙しいのにありがとう」

彼はどんなに時間がなくても私のために時間を割いてくれる。赤城クリエイティブの社長に家庭教師をしてもらうなんて贅沢すぎる。

「次は、面接の練習をしようか？」

「いや、さすがにそれは」

彼も忙しいだろうし、そもそもなんとなく恥ずかしい。

「いいからほら、こっち向いて」

彼は近くにあったスツールに座り、私の椅子を回転させて向かい合って座った。

「赤城柚花さん、復学を希望されるのはどうしてですか？」

この質問なら大丈夫。さっきお風呂の中で練習したから。

私はすらすらと理由を説明して、彼の様子をうかがう。おおむね満足のいく出来だったようで何度か頷いていた。

その後も彼の質問に真剣に答えた。

「いい感じだな。面接ではあまり緊張しすぎないように」

「うん、わかった」

彼のくれたアドバイスを忘れないように何度も脳内で繰り返す。

「では、最後の質問です」

私は思わず身構えた。どんな難しい質問がくるのだろうか。

「キスするのと、されるのはどっちがいいですか？」

「え？」

身構えていたのに、想定外の質問がきて驚いた。

「だから、キスするのとされるのどっちがいい？」

「い、いきなりなに言い出すの。そんなの面接で聞かれるはずないじゃない」

「そうかもしれないけど、俺は柚花の答えを聞きたい」

ジッと顔を覗き込まれて羞恥心が一気に押し寄せてきた。頬が熱い。

「そ、それは――」

「ほら、早く答えなさい」

「もう……あのそれは」

なんとなく答えるのが恥ずかしくて、もじもじしてしまう。しかし彼は期待するようにジッとこちらを見ていた。

「私は、公士くんにキスされるのが好き……です」

答えたはいいものの、まともに彼と目を合わせることができずに顔を背けた。しかしすぐに彼の大きな手が私の頬に触れ、顔を元の位置に戻す。

そして熱い唇が私の唇に重なった。チュッとはむように繰り返される口づけはどんどん深くなっていく。下唇を軽く吸い上げられたかと思うと、あっという間に舌が差し出された。

「んっ……」

鼻から甘ったるい声が抜ける。脳内がしびれて気が付けば勉強どころではなくなっていた。

最後に唇をぺろりと舐められ、彼が微笑む。

「この調子で頑張れば、合格は間違いないな」

「ほ、本当に？」

なにを評価されたのだろうか、ちょっとうさんくさく思ってしまう。

「本当だ。俺の妻としては満点の答えだったから」

「そっちなの？」

思わず笑ってしまった。やっぱり彼にはかなわない。

「それでは家庭教師の費用をお支払いいただきます」

彼は立ち上がると、椅子に座っていた私を抱き上げた。

「え、待って！」

いきなりのことに驚いて、必死に彼にしがみつく。

「お支払いはあちらでお願いしますね」

彼の視線の先にあるのはふたりの寝室だ。ちらっと顔を見るといたずらめいた笑みを返された。

「あの、少しおまけしてくれたりしますか？」

「いや、それは無理だ。柚花を前にして手加減なんかできるはずないだろ」

そう言うや否や、彼は私の髪にキスを落とした。

「それに息抜きも大事だろ？」

抗議したいけれど、きっとなにを言っても言いくるめられてしまう。

「さて問題です。今なんと言えば俺が喜ぶでしょうか？」

私は少し考えて彼の耳元で囁いた。

「公士くん、大好き」

「合格！」

その後の私は、うれしそうに笑った彼に家庭教師代としてしっかり愛を支払った。

END

あとがき

はじめましての方も、お久しぶりの方も、このたびは『愛しているから、結婚はお断りします～エリート御曹司は薄幸令嬢への一途愛を諦めない～』をお買い上げくださいましてありがとうございます。

今回は元お嬢さまと家庭教師という下克上ラブをテーマに執筆をしました。なかなかうまく書けずに四苦八苦し、編集さんには随分ご迷惑をおかけしたと思います。最初から最後までヒーローをカッコよく見せるのに苦労しました。私的には実力でのし上がるヒーローが大好きなので苦労はしましたが、楽しく執筆できました。読んでいただいた方にとって、どこかしらお気に入りのシーンがあればとてもうれしいです。

番外編は執事ごっこにするか家庭教師にするか悩んだのですが、ふたりが昔を思い出していちゃいちゃするのがいいかと思い家庭教師にしました。悪い（？）大人の家庭教師も、楽しんでいただきたいです。

イラストは逆月酒乱先生が、めちゃくちゃ迫られているかわいい柚花と、絶対に逃がさない強い意志を感じる公士を描いてくださいました。ありがとうございます！

今回改稿作業で原稿を大幅に修正し、たくさん面倒をかけました。編集さんを始め携わってくださった方に改めてお礼申し上げます。

そしてこの本を手に取ってくださった方々。皆さまのおかげでこうして新しい作品を世に送り出すことができています。おひとりおひとりにお礼ができませんが、こうやって皆さまのもとに作品を届けることで感謝をお伝えできればと思います。

執筆は楽しいですが孤独な作業です。思ったように書けない日がほとんどですが、それでもこうやって日々書き続けられるのは、周囲の人に支えられてのことだと思っています。

これからも楽しんでいただけるような作品を執筆していきたいと思います。書店で見かけた際はぜひ手に取ってみてくださいね。

感謝を込めて。

高田《たかだ》ちさき

高田ちさき先生への
ファンレターのあて先

〒104-0031
東京都中央区京橋1-3-1
八重洲口大栄ビル7F
スターツ出版株式会社　書籍編集部　気付

高田ちさき先生

本書へのご意見をお聞かせください

お買い上げいただき、ありがとうございます。
今後の編集の参考にさせていただきますので、
アンケートにお答えいただければ幸いです。

下記URLまたは二次元コードから
アンケートページへお入りください。
https://www.berrys-cafe.jp/static/etc/bb

ベリーズ文庫

愛しているから、結婚はお断りします
～エリート御曹司は薄幸令嬢への一途愛を諦めない～

2024年4月10日　初版第1刷発行

著　者　高田ちさき
　　　　©Chisaki Takada 2024
発行人　菊地修一
デザイン　カバー　ナルティス
　　　　フォーマット　hive & co.,ltd.
校　正　株式会社文字工房燦光
発行所　スターツ出版株式会社
　　　　〒104-0031
　　　　東京都中央区京橋1-3-1　八重洲口大栄ビル7F
　　　　TEL　03-6202-0386（出版マーケティンググループ）
　　　　TEL　050-5538-5679（書店様向けご注文専用ダイヤル）
　　　　URL　https://starts-pub.jp/
印刷所　大日本印刷株式会社

Printed in Japan

ISBN 978-4-8137-1567-2　C0193

ベリーズ文庫 2024年4月発売

『もう恋はしないはずが――寡黙パイロットの激愛は拒めない【ドクターヘリシリーズ】』佐倉伊織・著 (さくらいおり)

ドクターヘリの運航管理士として働く真白。そこへ、2年前に真白から別れを告げた元恋人・篤人がパイロットとして着任。彼の幸せのために身を引いたのに、真白が独り身と知った篤人は甘く強引に距離を縮めてくる。「全部忘れて、俺だけ見てろ」空白の時間を取り戻すような溺愛猛攻に彼への想いを隠し切れず…。
ISBN 978-4-8137-1565-8／定価748円 (本体680円＋税10%)

『余命1年、孤独だったわたしその花嫁にしました～初恋の天才外科医に娶われて世界一の愛され妻になるまで～』葉月りゅう・著 (はづき)

OLの天乃は長年エリート外科医・夏生に片想い中。ある日病が発覚し、余命宣告された天乃は残された時間は夏生のそばにいたいと、結婚攻撃に困っていた彼の偽装婚約者となる。それなのに溺愛たっぷりな夏生。そんな時病気のことがばれてしまい…。「君の未来は俺が作ってやる」夏生の純愛が奇跡を起こす…!
ISBN 978-4-8137-1566-5／定価737円 (本体670円＋税10%)

『愛しているから、結婚はお断りします～エリート御曹司は薄幸令嬢への一途愛を諦めない～』高田ちさき・著 (たかだ)

社長令嬢だった柚花は、父親亡き後叔父の策略にはまり、貧しい暮らしをしていた。ある日叔父から強制された見合いに行くと、現れたのはかつての恋人・公士。しかも、彼は大会社の御曹司になっていて!? 身を引いたはずが、一途な愛に絆されて…。「俺が欲しいのは君だけだ」――溺愛溢れる立場逆転ラブ!
ISBN 978-4-8137-1567-2／定価748円 (本体680円＋税10%)

『政略婚姻前、冷徹エリート御曹司は秘めた溺愛を隠しきれない』紅カオル・著 (くれない)

父と愛人の間の子である明花は、継母と異母姉に冷遇されて育った。ある時、父の工務店を立て直すため政略結婚することに。相手は冷酷と噂される大企業の御曹司・貴俊。緊張していたが、新婚生活での彼は予想に反して甘く優しい。異母姉はふたりを引き裂こうと画策するが、貴俊は一途な愛で明花を守り抜き…。
ISBN 978-4-8137-1568-9／定価748円 (本体680円＋税10%)

『捨てられ秘書だったのに、御曹司の妻になるなんて この契約結婚は溺愛の合図でした』蓮美ちま・著 (はすみ)

副社長秘書の凛は1週間前に振られたばかり。しかも元恋人は後輩と授かり婚をするという。浮気と結婚を同時に知り呆然とする凛。すると副社長の亮介はなぜか突然契約結婚の提案をしてきて…!? 「絶対に逃がしたくない」――亮介の甘い溺愛に翻弄される凛。恋情秘めた彼の独占欲に抗うことはできなくて…。
ISBN 978-4-8137-1569-6／定価748円 (本体680円＋税10%)